FOLIO POLICIER

Gérard Delteil

Balles de charité

Gallimard

Écrivain et journaliste, Gérard Delteil a publié une cinquantaine de livres : des romans noirs et d'aventures, mais aussi des enquêtes journalistiques, des reportages et un roman historique. Il a obtenu le Grand Prix de littérature policière en 1985 pour *N'oubliez pas l'artiste !*

Sur une idée d'Éric Le Braz

1

« Derrière l'ancien Front de Seine, vous trouverez pas mal de pauvres », m'avait dit mon chef de secteur. Bon, je tournais depuis déjà un quart d'heure et je n'avais rencontré que des immeubles de rupins. En désespoir de cause, je rangeai ma bagnole et accrochai le premier passant. Ou plus exactement la première passante. Une petite mémé couverte de trucs brillants qui promenait son chien.

— Des pauvres, fit-elle, je crois que vous en rencontrerez par là-bas...

Du bras, elle me désigna une tour.

— Il me semble bien que celle-là vient d'être déclassée. Ils avaient promis de la démolir, mais ils ne l'ont pas fait...

Elle prononçait « pôvres », avec la bouche en cul de poule.

Elle me toisa de la tête aux pieds. Je ne portais pas l'uniforme de la Compagnie. Mes vêtements étaient propres et corrects, sans plus.

— Qu'est-ce que vous leur voulez donc à ces pauvres ?

Je la remerciai aimablement sans répondre à sa question. C'est la consigne : éviter les bavardages inutiles susceptibles d'aider les concurrents. Je remontai dans ma voiture et me dirigeai vers la tour en question. Après avoir parcouru environ cinq cents mètres, je tombai sur un barrage de police.

Je m'arrêtai, baissai ma vitre. Un gros flic se pencha sur moi. Il empestait la bière.

— Vous avez envie qu'ils vous mettent vot' tire en pièces, mec ? demanda-t-il.

A sa façon de poser la question, on pouvait penser que cette idée ne lui déplaisait pas.

Je pris mon badge dans ma boîte à gants et le lui tendis. Il devint aussitôt plus aimable.

— Fallait le dire. Pourquoi vous le portez pas ?

J'éludai sa question d'un clin d'œil et redémarrai. Un peu plus loin, une sorte de barricade édifiée avec des poubelles, des sommiers métalliques et des meubles éventrés me contraignit à stopper. Deux adolescents faisaient brûler de vieux pneus. Je m'approchai d'eux en souriant.

— Salut, les gars. Ça vous intéresse de gagner quelques thunes ?

Ils posèrent sur moi des regards soupçonneux.

— On pourrait vous faire les poches facile, dit le plus grand, et la peau avec. Vous manquez pas d'air.

— Ça ne serait pas votre intérêt, dis-je sans me départir de mon sourire.

Je leur mis mon badge sous le nez. Ils éclatèrent de rire.

— Vous êtes pas en avance. Par ici, tout le monde est déjà sponsorisé.

— Oui, mais je propose mieux.

Cette fois, ils changèrent d'expression. Je les observai. C'étaient deux gamins malingres qui ne devaient pas avoir plus de quinze à seize ans, mais leurs visages étaient déjà marqués. Leurs grimaces laissaient deviner un mélange de cynisme, de naïveté et de ruse. Ils portaient des jeans et des blousons de l'Armée du Salut reconnaissables à leur coupe. Je connaissais bien le stock d'où provenaient ces fringues : les Salutistes nous l'avaient raflé de justesse.

— Je vois que vos âmes sont en bonnes mains, ricanai-je.

— T'occupe pas de nos âmes. Tu paies combien ?

— Ça dépend...

— Comment ça, ça dépend ?

— Ça dépend si c'est pour des exclusivités de longue durée ou non, du nombre de gens, etc.

— Vous avez un barème ? On peut voir ?

Je m'adossai à un pilier de ciment, bras croisés.

— Non, ça se négocie au coup par coup. Et j'ai le pouvoir de décision... Enfin dans certaines limites. Faut pas non plus me demander la lune...

Ils parurent impressionnés. Peu de courtiers bénéficient de procurations. C'était la nouvelle politique de la Compagnie : la décentralisation. Chez les Salutistes, par exemple, il fallait au moins remonter jusqu'à un général pour organiser une opération. A la fondation Savatier, c'était pire encore : les procédures bureaucratiques pouvaient durer deux ou trois mois.

— Attendez-nous, dit le gosse.

Il avait repris un vouvoiement respectueux, c'était

bon signe. Il me laissa en compagnie de son copain. Je le fis monter dans la voiture, où il était tout de même plus agréble de patienter, et lui offris une cigarette sur laquelle il tira goulûment.

— Vous faites aussi le tiers monde ? demanda-t-il, probablement pour me montrer qu'il était dans le coup.

Je secouai la tête.

— Négatif. On n'attaque que les créneaux sur lesquels nous sommes compétitifs. Le tiers monde, il y a déjà trop de gens en piste.

— Et les Salutistes, qu'est-ce que vous en pensez ?

— Ils ont une solide expérience, c'est sûr. Mais ils devraient renouveler leurs méthodes. Ce que j'en dis, c'est leur problème.

Quelques minutes s'écoulèrent ainsi à discuter de choses et d'autres, puis le second gamin réapparut, suivi d'un adulte. Un type dans la cinquantaine — ou du moins paraissant la cinquantaine, l'âge d'un déclassé n'est pas toujours facile à deviner. Lui aussi portait un blouson salutiste. Sur le coup, je craignis que l'A.D.S. leur ait fait signer un contrat de longue durée — les procès coûtent cher et la direction de la Compagnie n'aime pas se lancer dans des procédures, sauf quand nos services juridiques décèlent des clauses bidon permettant de faire annuler facilement un contrat ; mais la plupart des boîtes emploient des juristes qui connaissent les combines sur le bout du doigt.

L'adulte s'accouda à ma portière.

— Vous représentez qui exactement ?

— La Compagnie.

— Et qu'est-ce qui nous prouve que vous représentez la Compagnie ?

— Vous, on peut dire que vous êtes méfiant, dis-je en exhibant mon badge. Je suis sûr que vous devez être un négociateur avisé. Vous êtes le délégué d'immeuble ?

— Tout juste. Mais vot' machin, là, que vous venez de sortir, y prouve rien.

— Et alors, qu'est-ce que vous risquez ?

— Des emmerdes avec l'A.D.S. Ils doivent distribuer des conserves la semaine prochaine...

Je tapotai amicalement son bras.

— Un bon conseil, mon vieux, laissez donc tomber les Salutistes, ce sont des ringards. Et si vous ne me croyez pas, regardez...

J'introduisis le badge dans le lecteur du terminal de la bagnole.

— On comprend rien à tous vos machins. C'est trop compliqué, dit le type.

Le gosse, lui, se pencha pour observer l'écran.

— C'est bon, affirma-t-il. Il baratine pas, il appartient à la Compagnie. Ils peuvent pas truander avec ces trucs-là, ils sont contrôlés, et les appareils sont plombés...

— La vérité sort de la bouche de la jeunesse, dis-je. Ça va ? On peut discuter sérieusement ?

— Bon, alors vous allez venir avec moi dans l'immeuble. Je préfère pas causer dans vot' bagnole. Des fois qu'on nous enregistre...

— Vous êtes coriace, mais c'est O.K. On sera mieux chez vous.

Deux autres gamins montaient la garde dans l'entrée de la tour. Le hall était relativement propre, les boîtes aux lettres n'avaient pas été arrachées, le revêtement de marbre ne souffrait que de quelques fissures. Comme je m'y attendais, l'ascenseur ne fonctionnait pas. Ça valait mieux : je ne tenais pas à rester en rade dans la cabine, comme c'est arrivé à un collègue bloqué pendant trois jours.

— C'est au quatorzième, annonça le type.

Je lui emboîtai le pas sans râler. Il grimpait à une vitesse impressionnante. Le halo de sa lampe glissant sur les murs de béton couverts de graffiti. Par endroits des détritus encombraient le passage. Ça puait la merde et la pourriture. Quand nous arrivâmes sur le palier du quatorzième, je commençai à perdre mon souffle.

Le battant d'origine avait été remplacé par une porte bricolée avec des planches et renforcée par des éléments de pare-chocs de bagnole. Deux pièces métalliques articulées servaient de heurtoir. Après plusieurs coups, on entendit une série de cliquetis et la porte s'entrebâilla sur une face bouffie couronnée d'une tignasse hirsute. A l'intérieur, un système de chaînes maintenait un bloc de culasse à la hauteur du plafond. Tout visiteur devait obligatoirement passer sous ce piège. Un cambrioleur maladroit avait toutes les chances de se faire écrabouiller.

— Pas con, vot' truc, félicitai-je.

Le maître des lieux secoua la tête.

— Ça vaut pas un clou, et vous le savez. Heureusement, j'ai autre chose en réserve. Ils n'ont pas intérêt à se pointer.

Une grille de fer forgé, récupérée Dieu sait où, barrait l'entrée du salon. La pièce était impeccablement briquée. Sans le poêle, la caisse de charbon et les bougies, on aurait pu se croire avant la grande crise. Je m'approchai de la baie vitrée où un trou circulaire avait été percé pour laisser passer le tuyau de la salamandre. Tout en bas, on distinguait les échafaudages d'un chantier.

— Qu'est-ce qu'ils construisent ? demandai-je.

— Un tunnel pour recouvrir la voie sur berge et empêcher les mômes de lancer des pierres sur les bagnoles.

Nous nous installâmes dans les fauteuils. La femme prit une cafetière qui chauffait sur le poêle et remplit trois tasses. Le délégué but avidement la sienne, s'essuya les lèvres et se pencha vers moi.

— Mettons cartes sur table, je n'ai pas de temps à perdre : vous proposez quoi ? Si c'est pour des gadgets, inutile d'insister.

— La Compagnie n'a pas l'habitude de proposer des gadgets à ses partenaires, dis-je, avec une nuance de reproche amical dans la voix. Vous avez entendu parler de la Compagnie tout de même ?

Le type balaya l'espace devant son visage avec sa main.

— Depuis le temps, on les connaît tous. Les Salutistes, Charité nationale, l'Institut... Et on est toujours dans la merde.

— Mais vous n'avez pas encore essayé de travailler avec la Compagnie, insistai-je.

Une lueur de convoitise s'alluma dans l'œil du bonhomme.

— Vous pourriez faire sauter la quarantaine ?

— Ecoutez, n'allons pas trop vite... Je n'ai pas promis de miracle. Peut-être qu'on pourrait commencer par l'électricité. Ça serait un bon début, non ?

— Me prenez pas pour un con. Ils accepteront jamais de rétablir le courant dans la tour.

Je me renversai dans mon siège en portant la tasse de café à mes lèvres.

— L'E.D.F. ne marchera pas, en effet, tant que le quartier ne sera pas reclassé. Mais j'avais pensé à un générateur. Un truc au charbon, ou peut-être un petit nucléaire... Il faudrait étudier le problème en détails. Si notre proposition vous intéresse, bien sûr...

En même temps l'opération prenait forme dans mon esprit. Je voyais très bien l'accroche pub : « Tout un immeuble retrouve la lumière pour Noël, grâce à la Compagnie du Christ... » Un coup pareil pouvait me valoir une demi-douzaine de points sur la feuille d'avancement.

— Et il faudrait faire quoi ? interrogea la femme.

— De quoi tu te mêles ! coupa l'homme.

— Je me mêle que monsieur et sa Compagnie veulent nous remettre l'électricité et que j'en ai marre de m'éclairer à la bougie et me priver de télé !

Je les laissai s'expliquer tous les deux pendant deux ou trois minutes. Il ne faut jamais intervenir dans ces cas-là.

— Une participation collective à l'émission devrait suffire, expliquai-je ensuite. Bien entendu, il y aurait des spots de pub, et il faudrait que tous le monde joue le jeu. Et, en plus de l'électricité, chacun recevrait un petit cadeau des annonceurs...

— Mais ça veut dire qu'il faudrait plus rien attendre des Salutistes ? dit l'homme, méfiant.

— Pas forcément, ça serait à vous de négocier habilement avec eux. C'est pas leur intérêt de rompre complètement les ponts. Vous avez signé un contrat ?

Il fouilla dans un tiroir et en sortit une liasse de feuillets dactylographiés qu'il me tendit.

— Alors, on peut travailler avec les deux à la fois ?

— Difficile de vous répondre comme ça. Faudrait le faire examiner par notre service juridique.

Il me l'arracha d'un geste vif.

— Eh, pas si vite !

— Je ne vais pas vous le faucher, dis-je en haussant les épaules. On peut en faire une photocopie dans ma voiture.

Le type appela un des deux adolescents restés sur le palier. Je lui tendis mes clefs.

— Tu vas savoir t'y prendre ?

Il inclina la tête. Le laisser utiliser seul la photocopieuse de ma bagnole était une marque de confiance. Ça faisait partie des techniques enseignées par la Compagnie. L'assurance couvrait les risques, et les statistiques démontraient qu'il est très rare que des pauvres démolissent ou volent du matériel dans ces circonstances.

Quelques minutes passèrent. Le gosse revint avec la photocopie.

— C'est super, vot' bagnole ! Elle est à vous ou c'est la Compagnie qui vous la fournit ?

— La Compagnie.

— Et l'appareil noir, sur la gauche, ça sert à quoi ?

— A piéger la bagnole. Je ne l'ai pas branché. Je vous fais confiance.

— Et ça saute si on essaie de la taxer ? questionna-t-il, avec un mélange de fascination et de crainte.

— Affirmatif. Ça n'est pas assez puissant pour tuer, mais ça peut arracher une main ou un bras... Quand l'appareil est branché, il y a un clignotant spécial... Comme l'exige la loi, précisai-je.

— Ça vaut cher ? demanda le délégué.

— Assez, oui. Mais ça n'est pas en vente libre. C'est réservé aux gens qui interviennent dans les quartiers chauds.

Ensuite nous bavardâmes un peu. Le délégué me raconta comment sa tour avait été déclassée. En vertu de la loi adoptée au moment de la Grande Crise, les régions urbaines avaient été découpées en quatre zones. La lettre A désignait les quartiers les plus riches et les plus calmes, ceux dont les résidents payaient les impôts les plus élevés. D signifiait dans le jargon administratif « Zones déclassées de grande insécurité », les secteurs les plus pauvres. B et C étaient attribués aux zones intermédiaires. Dans le but d'endiguer la délinquance, des cartes spéciales étaient exigées pour se déplacer d'une zone à l'autre. Quand un quartier comptait une trop forte proportion de chômeurs et d'économiquement faibles, il pouvait être déclassé sur simple décision préfectorale. Ses habitants, dans la mesure où ils ne payaient pas suffisamment d'impôts, étaient privés du bénéfice des services publics et des droits civiques réservés aux seuls citoyens actifs. Ils ne pouvaient obtenir l'autorisation de quitter leur zone qu'à la condition de justifier d'un emploi ou de revenus suffisants. La plupart d'entre eux ne subsistaient que grâce aux organismes de charité. Ces mesures touchaient parfois un simple groupe d'immeubles qu'on cessait d'entretenir et entourait de barrières infranchissables. Cette tour appartenait jadis aux PTT. Quand la poste avait été remplacée par les messageries privées, les postiers avaient été massivement licenciés dans le cadre de la politique de dégraissage des administrations. Ils s'étaient trouvés dans l'incapacité de régler leurs charges. La tour et deux de ses voisines avaient donc été déclassées. Elles constituaient de vilaines pustules dans ce quartier encore relativement coté. Il était question de les démolir et d'expédier leurs habitants dans une lointaine banlieue, comme on l'avait fait pour ceux des Minguettes et de certaines tours du treizième arrondissement. Un scénario banal. Je hochai la tête avec une expression que je m'efforçai de rendre compréhensive. Sans m'apitoyer. Il ne faut jamais s'apitoyer. Ça irrite les gens, ou au contraire ça les incite à tirer sur la ficelle.

Après les avoir mis en confiance, je réussis à leur faire signer un pré-contrat qui n'engageait pas trop la Compagnie, histoire de montrer à mon chef de secteur que je n'avais pas perdu mon temps. L'affaire était bien engagée. Au moment de prendre congé, une jeune fille plutôt maigrichonne pénétra dans la pièce. Elle me toisa avec arrogance.

— Vous voyez pas qu'il cherche à vous truander ?

— Je t'en prie, Hélène, dit la mère d'une voix douce. Laisse ton père s'occuper de ces problèmes. La Compagnie de monsieur va nous remettre l'électricité.

Elle haussa les épaules et sortit en claquant la porte. Je me gardai d'intervenir.

Dans le hall, plusieurs personnes m'abordèrent. Le bruit que la Compagnie allait rétablir le courant s'était répandu. Les mômes avaient dû écouter derrière la porte.

— C'est seulement une possibilité, pas une promesse, dis-je. Si ça devient une promesse, ça sera fait. La Compagnie tient toujours ses promesses. Mais la condition pour que ça devienne une promesse, c'est que ça ne s'ébruite pas. Sinon, c'est foutu : vous pensez bien qu'on ne va pas filer l'électricité gratos à dix mille personnes...

Ils me jurèrent leurs grands dieux qu'ils tiendraient leur langue. Je m'éclipsai.

Tout se passa bien jusqu'aux grillages. C'est ensuite que mes ennuis commencèrent.

2

Les deux flics me coincèrent au moment où je franchissais le portail de la zone déclassée. Ça n'étaient pas les mêmes qu'à l'entrée. Ils avaient dû être relevés.

Salut réglementaire atrophié, sourire de reptile.

— Contrôle. Vous avez vot' badge ?

— Je l'ai montré à l'entrée. (Clin d'œil.) Je suis de la Compagnie...

Le type prit mon badge.

— Vous voulez me suivre ?

Je lui emboîtai le pas. Il m'entraîna dans un mini-poste installé dans un cube de plastique moulé et introduisit aussitôt ma carte dans un lecteur. Il se pencha sur l'écran.

— Ça dit bien que vous êtes de la Compagnie, mais pas que vous êtes accrédité à pénétrer dans le secteur.

— Vous plaisantez ! protestai-je.

— Jamais, monsieur. Pour entrer dans une zone déclassée, il faut une autorisation spéciale, vous devriez le savoir...

— On ne me la demande jamais.

— C'est que le boulot est mal fait. Les entreprises humanitaires bénéficient d'une tolérance, rien de plus. Une tolérance, ça n'est pas un règlement. On ne vous a pas appris ça à la Compagnie ?

Quand on tombe sur un type de ce genre, inutile d'essayer de discuter.

— On va être obligés de vous fouiller.

Il m'ordonna de me déshabiller dans une cabine prévue à cet effet. Je commençai à comprendre : ces flics-là marchaient avec les Salutistes et un mouchard les avait avertis qu'un concurrent tentait d'emporter le morceau. Ils devaient toucher un bakchich. Bien entendu, ils agissaient sous le couvert de la stricte légalité. Si j'avais prononcé la moindre accusation, ils en auraient profité pour me coller un truc sur le dos. Un second mannequin s'empara de mes vêtements où il dut trouver le pré-contrat. Qui ne contenait bien sûr aucune précision susceptible d'aider ces fumiers de Salutistes. Ils me laissèrent poireauter à poil pendant cinq minutes. Heureusement c'était chauffé.

— Voilà, nous avons vérifié, vous êtes en règle, dit le flic en me lançant mes fringues comme il aurait jeté un os à un chien.

— Vous ne regardez donc jamais les émissions sponsorisées par la Compagnie ? demandai-je.

— Ces conneries ne m'intéressent pas.

Je n'insistai pas.

— Et la prochaine fois, faites enregistrer votre autorisation sur vot' badge ! dit encore le flic tandis que je tournais la clef de contact.

Seul le chef de secteur possédait en fait l'autorisation officielle. Les courtiers n'étaient qu'accrédités, et les flics le savaient. Les grosses boîtes avaient obtenu qu'on limite les autorisations pour gêner les outsiders qui envahissaient le marché. Faut dire que la concurrence était dure. Ça n'était pas comme au début de la crise où n'importe quel amateur pouvait percer facilement.

Ils me regardèrent démarrer en ricanant, les mains sur les hanches. Ceux-là, ça m'aurait vraiment botté de les retrouver dans une zone déclassée, bien crade, et de les voir ramper pour se faire inscrire sur un programme minable. Ce rêve avait peu de chances de se réaliser : la police restait une des dernières administrations qui recrutait. Fallait vraiment le vouloir pour s'en faire vider.

Je chassai donc ces amères pensées pour me concentrer sur le rapport que j'allais présenter à la Compagnie. Je comptais le déposer sur le bureau du chef de secteur aux environs de midi, mais un attentat me retarda. Une bombe avait éventré la voie express rive droite sur plusieurs mètres. La radio m'apprit qu'il n'y avait eu qu'une demi-douzaine de victimes. Les terroristes avaient réussi à s'enfuir. Je fus donc bloqué pendant une heure et demie, le temps que les hélicos du génie installent une passerelle métallique provisoire. J'en profitai pour rédiger mon rapport sur le micro de bord. Je gonflai mes résultats, bien entendu. Tout le monde le fait. C'est de bonne guerre. Pour conclure, j'affirmai qu'il devait être possible d'arracher le secteur aux Salutistes, à condition d'y mettre les moyens. Je n'évoquai pas l'incident avec les flics : les consignes sont de signaler oralement ce genre d'histoire, afin d'éviter de se retrouver avec un procès sur le dos au cas où un double tomberait, comme par hasard, aux mains de la police. Même au sein de la boîte, il y a les taupes des concurrents.

J'émargeais depuis quatre ans à la Compagnie — la Compagnie du Christ pour être précis, mais on disait toujours la Compagnie. Tout le monde connaissait. Depuis la Grande Crise, les organismes de charité avaient pris une extension fabuleuse, jusqu'à devenir de puissants trusts. Leur influence dépassait celle des banques et leur chiffre d'affaires représentait deux fois ceux de la défense et de l'éducation nationale réunis. L'Etat leur attribuait chaque année des subventions réparties en fonction du nombre de nécessiteux secourus. Divers impôts et taxes inspirés du fameux amendement Coluche permettaient de les financer, mais elles avaient su trouver toutes sortes d'autres sources de revenus : collectes, récupération de déchets et surtout émissions et jeux télévisés sponsorisés par les plus gros annonceurs du pays. Mon job consistait donc à démarcher des contrats d'assistance dans les zones déclassées. La Compagnie me versait un fixe mensuel et une prime pour chaque contrat signé. Il ne suffisait pas de se pointer avec des formulaires tout prêts. Je devais chaque jour me creuser les méninges pour trouver mieux que les concurrents, appâter à la fois les pauvres et les sponsors, sans pour autant laisser croire aux gens qu'on allait les sortir de leur zone.

Le siège de la Compagnie occupait la plus grande partie de la surface de l'ex-musée du Louvre. Il présentait l'apparence d'une sphère d'aluminium surmontée d'une croix dorée phosphorescente qui faisait office d'antenne-satellite. Jules Werther, l'architecte qui a conçu le bâtiment, avait reçu une demi-douzaine de prix et décorations. Il avait fait don de ses honoraires à la Compagnie, il pouvait se le permettre. On venait des quatre coins du monde admirer son œuvre que nous surnommions la Sainte-Boule, ou plus simplement la Boule. Cette boule était garantie à l'épreuve du feu, des roquettes et des armes chimiques — ce qui est toujours agréable à savoir pour le personnel du siège, car les entreprises humanitaires sont une des cibles privilégiées des terroristes. Par contre, tout ce qui concernait le confort avait été plus ou moins négligé, comme d'habitude — ce n'était pas Werther qui pointait chaque jour ici.

Tornard, mon chef de secteur, transpirait à grosses gouttes. La climatisation était en panne et, quand ça gelait dehors, on crevait de chaleur dans la boule et vice-versa, en raison de phénomènes thermiques que les techniciens de maintenance eux-mêmes n'étaient pas capables d'expliquer.

Tornard semblait de mauvais poil.

— Finalement, les pauvres que nous secourons sont mieux lotis que nous, dis-je pour détendre l'atmosphère.

— Ne plaisantez pas, Cesbran ! Ça n'a rien de

drôle. Si ça continue, je vais envoyer ma démission et m'engager chez les Témoins pour aller m'occuper des nouveaux pauvres sibériens...

— Les Témoins ne couvrent pas les pays de l'Est.

— Eh bien, je lancerai un nouveau secteur...

Je lui tendis mon rapport.

Tornard se lamenta sur son sort pendant cinq bonnes minutes, puis introduisit la disquette dans un lecteur et le parcourut rapidement.

— Hum, c'est hypothétique, ce coup du Front de Seine. Ce que je veux, Cesbran, ce sont des chiffres !

— Des chiffres, des chiffres... Il faut tout de même me laisser le temps.

D'une pichenette, mon chef éteignit son moniteur. Il appuya ses bras croisés sur son bureau et me fixa.

— Dans neuf semaines, la commission nationale fixera la répartition du budget humanitaire. J'ose imaginer que vous savez tout de même de quelle façon les subventions sont attribuées... (Et sans attendre de réponse :) En fonction du nombre de clients secourus ! L'an dernier, nous arrivions en quatrième position avec 680 000 interventions, ce qui représentait 14 % du marché. Aujourd'hui, selon les derniers sondages, nous avons rétrogradé en septième position avec à peine 10 %. Et même en valeur absolue, nous stagnons : nous avons à peine dépassé les 650 000 interventions !

Comme chacun des douze mille huit cent cinquante employés de la Compagnie, je connaissais bien entendu ces statistiques : elles étaient affichées sur un grand panneau dans le hall de la Boule, et

Boutingues en personne, le grand patron, nous avait envoyé une circulaire. Chaque année c'était la même chose : il fallait faire du chiffre avant la répartition du budget. Cette fois, la situation était d'autant plus délicate que la Compagnie était en perte de vitesse et ne comptait pas que des amis au parlement. Les députés du parti libéral individualiste — les « Libs » — dénonçaient avec virulence ce qu'ils appelaient le racket humanitaire et réclamaient la réduction radicale des subventions. Ils demeuraient minoritaires, mais progressaient à chaque scrutin. Les derniers sondages leur donnaient encore deux points de plus. Leur propagande caressait dans le sens du poil une bonne partie des citoyens actifs qui avaient le sentiment de trimer dur pour entretenir des millions d'inutiles.

Le moment était mal venu pour raconter mon histoire de flics corrompus par les Salutistes, pourtant je ne pouvais la passer sous silence.

— Les fumiers ! jura Tornard. Les fils de pute ! Ils ne sont même pas capables de respecter la règle du jeu...

Tornard avait dû lui-même se faire passer un savon par le directeur de département. Il se défoulait.

Subitement il se radoucit.

— O.K., Cesbran, votre idée, tout un immeuble retrouve la lumière grâce à la Compagnie, ça n'est pas mauvais du tout. Mais il faut étudier le budget, et j'ai peur que le délai ne soit pas suffisant pour vendre la pub...

— C'est pourquoi je n'ai rien promis, dis-je.

— Bon, en fait ça tombe très bien que vous nous proposiez ce truc, parce que Deschiens veut vous rencontrer...

Si je n'avais déjà été assis, j'en serais tombé sur le cul ! Deschiens passait pour le bras droit de Boutingues. Je voyais très mal quelle raison pouvait le pousser à traiter directement avec un misérable courtier mensualisé comme moi, et en court-circuitant la voie hiérarchique. Tornard lui-même ne devait pas le savoir. Il affichait une expression perplexe qui ne parvenait pas à dissimuler complètement l'irritation que lui causait cette convocation incongrue.

— Deschiens demande que vous l'appeliez le plus vite possible...

Je pris congé pour téléphoner de mon propre bureau, à la déception du chef de secteur qui espérait sans doute apprendre de quoi il retournait, pourtant il ne fit aucune observation. Je dis « mon » bureau, mais il s'agissait d'une pièce exiguë que je partageais avec deux autres courtiers. A la Compagnie comme dans beaucoup d'autres entreprises humanitaires, les effectifs avaient progressé plus vite que la surface des locaux... Mes deux collègues étaient sur le terrain. Je pouvais donc passer mon coup de fil en toute tranquillité.

— M. Deschiens est en réunion... C'est à quel sujet ?

— Eh bien, je suis Alain Cesbran et..., bredouillai-je.

La voix devint instantanément beaucoup plus aimable.

— Ah, je suis au courant, monsieur Cesbran. Je vais voir si M. Deschiens peut vous prendre.

Et sans transition j'eus le patron de la division marketing au bout du fil.

— Monsieur Cesbran. Comment allez-vous? Vous êtes libre à déjeuner demain...

Bien évidemment, j'étais libre. Et si je ne l'avais pas été, je n'aurais rien eu de plus pressé que de me libérer. Une invitation de Dominique Deschiens valait une convocation impérative.

Je me creusai en vain la cervelle pour essayer de deviner le motif de cette invitation, tournai en rond dans le bureau en fumant cigarette sur cigarette, puis quittai les lieux au retour des deux autres courtiers avec qui je n'avais aucune envie de discuter. Pourquoi ne pas en parler à Ravier? Christian Ravier était le seul employé de la Compagnie que je considérais comme un ami et sur la discrétion de qui je pouvais compter. Il planchait à la comptabilité centrale, c'est-à-dire à l'autre extrémité de la Boule — si l'on peut parler d' « extrémité » dans une sphère ; mais la disposition des services donnait cette impression.

Dans les couloirs je croisai des cortèges de lycéens conduits par leurs professeurs et encadrés par des hôtesses. Tous les mercredis, des scolaires venaient visiter nos locaux et assister à des projections de films vantant les interventions de la Compagnie.

Ravier suait sur son ordinateur.

— Pardonne-moi, Alain, je n'ai pas beaucoup de temps à te consacrer. Nous avons du retard sur les bilans et on vote le budget dans deux mois. Tout le service est sur les dents...

— Je voudrais seulement avoir ton avis. Deschiens m'invite à déjeuner demain. Qu'est-ce que ça peut cacher ?

Ravier souleva ses lunettes, prit un air perplexe.

— Deschiens, le patron du marketing ?

— Lui-même...

— Et ça n'est pas une blague ?

— Ça n'est pas le genre de Tornard, et Deschiens lui-même m'a donné le rendez-vous. Garde-le pour toi.

Ravier se frotta le nez, hocha la tête.

— S'ils voulaient te vider, ça ne serait pas Deschiens qui te l'annoncerait. Et ça n'est pas lui non plus qui informe les gens quand la boîte leur file une promotion, alors... Ça n'est pas une relation de famille à toi, un vieux copain d'école par hasard ?

— Pas à ma connaissance.

— Alors profite du déjeuner. J'imagine qu'il ne t'invite pas au resto de la bienfaisance...

— A la *Nouvelle Tour d'Argent.*

— Veinard. Tu vas t'en mettre plein la lampe. Méfie-toi tout de même : Deschiens est réputé pour ses coups fourrés.

Ça, je le savais déjà. On ne devient pas patron de la division marketing d'une boîte comme la Compagnie sans jouer des coudes, surtout quand on a démarré comme assistant à la commission dans un quartier déclassé.

Pour pénétrer dans le restaurant, il fallait franchir deux barrages : celui de la police et celui de la milice privée. Les flics avaient l'air de s'en foutre complètement, mais les miliciens vérifiaient les réservations par talkie-walkie.

C'était la première fois que je mettais les pieds dans un établissement de ce genre. Les larbins devaient sentir que je n'étais pas très à l'aise, ils s'adressaient à moi avec condescendance. Tous portaient le badge bleu représentant une main qui en étreint une autre, avec le chiffre 1, signifiant que l'établissement verse 1 % de son chiffre d'affaires dans les caisses humanitaires. Ce qui permettait d'échapper à un certain nombre de taxes et aux clients de gueuletonner avec meilleur appétit. Deschiens avait retenu une petite table ronde, dans un box, près d'une vaste baie vitrée. Il n'était pas encore là. Pour tuer le temps, je contemplai le paysage parisien. Le mur construit autour du quartier de l'ex-gare de Lyon, déclassé depuis l'an dernier, dissimulait toute une partie du panorama.

Je ne tenais pas la forme. Pas dormi de la nuit. La veille au soir, j'avais somnolé devant la télé qui passait un reportage sur les nouveaux esclaves, en pensant à autre chose. Que pouvait donc me vouloir Deschiens ? Ma curiosité serait satisfaite dans une demi-heure ou une heure au plus, mais ma nervosité augmentait à mesure que se rapprochait l'issue du suspense. Et pour ne rien arranger, Deschiens avait déjà dix minutes de retard. Je tentai de tuer le temps en parcourant le journal. Qui titrait sur les déclarations du président de la ligue pour le rétablissement de l'esclavage au cours de l'émission d'hier. L'éditorialiste affirmait qu'il fallait légaliser l'esclavage pour le réglementer et éviter les abus et les trafics. Moi, ça me faisait doucement rigoler. J'étais payé pour savoir que des abus et des trafics, il y en aurait de toute façon. Avec ou sans loi. S'ils ne voulaient pas se contenter de ce qu'on leur distribuait gratuitement, les gens des zones D n'avaient pas le choix. Au début, il y avait eu l'intérim, les petits boulots, la manche et les combines avec des laissez-passer valables pour une journée. Sans parler de la prostitution et de la came. Mais la mendicité avait été interdite dans les zones A, B, C et les petits boulots étaient devenus tellement rares que certains avaient eu l'idée de se vendre comme esclaves. Ou bien des malins le leur avaient proposé. Je ne sais pas au juste comment ça avait commencé. On parlait aussi de toute une mafia d'entreprises clandestines employant des esclaves ou de semi-esclaves dans les zones déclassées pour réduire le coût de la main-d'œuvre. Un journaliste s'était fait embaucher par une de ces boîtes et avait failli se faire descendre, mais l'affaire avait été étouffée. Non lieu. D'après l'économiste interviewé par le canard, l'esclavage devenait indispensable pour faire face à la concurrence des pays sous-développés. Il était question d'un projet de loi pour la rentrée parlementaire. Au moins les esclaves étaient logés, nourris et blanchis...

— Qu'en pensez-vous ?

Yves Deschiens se tenait devant la table. Je ne l'avais pas entendu approcher. C'était un grand type maigre au visage en lame de couteau qui souriait tout le temps, même pour engueuler ses subordonnés. Il arborait un costume de soie à motifs indiens formant un camaïeu d'ocres et de bruns avec sa chemise, sa cravate, sa pochette et ses chaussures. Un seul de ces éléments devait facilement coûter deux ou trois fois ce que la Compagnie me versait chaque mois. Sa boutonnière s'ornait du badge J.M.P. — « J'aide Mon Prochain » — avec le logo de la Compagnie. Un badge beaucoup plus discret que celui que je portais moi-même.

— Eh bien, dis-je, réalisant qu'il venait de me poser une question, je crains que la légalisation de l'esclavage ne contribue à réduire encore le stock d'individus susceptibles de faire l'objet de contrats d'assistance...

En réalité, le problème ne m'intéressait guère et je n'avais aucun point de vue particulier, mais je pensais que c'était ce qu'il fallait dire, sans attendre que le bulletin interne de la Compagnie ait pondu une analyse officielle sur le sujet. Je ne voyais pas ce qu'ils auraient pu sortir d'autre.

— Très juste ! approuva Deschiens en s'asseyant en face de moi. Et sur le plan humain, ce serait un recul de plusieurs siècles...

— Il ne faut pas sous-estimer cet aspect humain, m'empressai-je de renchérir, mais j'avais en premier lieu pensé aux intérêts de notre Compagnie.

— Rien de ce qui est humain ne nous est étranger, affirma doctement Deschiens. Les différents aspects du problème sont indissociables. Boutingues tiendra une conférence de presse cet après-midi même pour dénoncer ce projet scandaleux...

Je notai qu'il avait dit « Boutingues » et non « le

président Boutingues » ou « notre président ». J'essayai de deviner ce que dissimulait cette façon familière de s'exprimer. L'arrivée du maître d'hôtel créa une heureuse diversion. Il s'inclina et nous tendit deux menus reliés de cuir et couverts d'enluminures. J'affectai de le parcourir en attendant que Deschiens ait fait son choix.

— Je vous recommande le tournedos Saint-Vincent-de-Paul...

— Je n'ai rien contre saint Vincent de Paul, dit Deschiens avec bonne humeur, mais je pencherais plutôt pour un poisson. Qu'est-ce que c'est, votre turbotin Savatier ?

Le maître d'hôtel se lança dans des descriptions culinaires qui me firent venir l'eau à la bouche. Je m'efforçai de conserver néanmoins une expression détachée, mais Deschiens ne devait pas être dupe car il me couvait d'un regard amusé.

— Mangez, mon vieux, allez-y... Ce ne sont tout de même pas vos clients d'hier, les gens de cette tour, qui vous coupent l'appétit ?

Il avait dit ça, mine de rien, sans doute pour me montrer qu'il avait étudié mon dossier. Je n'allais pas lui répondre que si quelque chose me coupait l'appétit, c'était plutôt sa présence. Je fis bonne figure jusqu'à la fin du repas, et résistai à la tentation de commander un second dessert. Il attendit le cognac pour attaquer.

— Pour être franc, Cesbran, la situation de la Compagnie n'est pas très bonne... Vous connaissez les chiffres. En fait, ils sont gonflés, la réalité est bien pire encore. Si nous ne parvenons pas à remonter la pente, nous allons être obligés de restructurer... Bref, nous comptons sur des éléments jeunes, dynamiques, inventifs. Pas mal, votre idée : toute une tour retrouve la lumière...

Il me passa comme ça de la pommade pendant cinq minutes, puis alluma un cigare et se renversa dans son siège.

— Pas mal, mais il faut voir grand... (Il souffla des ronds de fumée en me dévisageant.) Avant de vous expliquer notre projet, je voudrais savoir si vous êtes bien, comme je le pense, l'homme de la situation...

— Vous pouvez compter sur mon entier dévouement à la Compagnie, monsieur le directeur, dis-je sur un ton plus sevile que je ne le souhaitais.

— Je n'en doute pas un seul instant, Cesbran. J'ai pensé à vous en raison de ce dévouement, et parce que vous êtes un homme de terrain. L'opération dont j'envisage de vous confier la direction est délicate...

3

Au sortir de l'ascenseur, je remarquai qu'un rai de lumière filtrait sous ma porte. Véronique était rentrée avant moi. Elle sirotait une vodka, affalée dans le canapé, les pieds sur la table basse. Depuis quelque temps elle avait tendance à boire.

— Je ne t'attendais pas si tôt, dis-je.

— Ils ont rétabli trois lignes de métro. Tu n'es pas au courant ?

J'avais vaguement entendu parler de ce projet, comme tout le monde, mais le considérais comme un coup de pub. Les réductions de crédits et d'effectifs avaient entraîné la fermeture des deux tiers des stations de métro et la suppression de la moitié des rames. On avait plus ou moins espéré que les transporteurs privés prendraient le relais, mais ils n'avaient pas suivi. Les gens dont les entreprises n'avaient pas mis en place un système de ramassage avaient beaucoup de problèmes. Le gouvernement avait fini par se rendre compte qu'il avait été un peu loin. La télé nous racontait depuis six mois qu'on allait rétablir huit lignes. Un matraquage en règle à l'approche des élections, mais on ne voyait rien venir.

Je me laissai tomber dans un fauteuil en face d'elle, me servis un verre.

— Tu aurais pu préparer à bouffer...

— Je suis complètement vannée. Ça va plus vite, mais je crois bien que c'est aussi crevant. Ces cons-là auraient pu attendre que les escalators fonctionnent pour ouvrir...

Elle vida son verre, puis se décida à se lever.

— Regarde-moi ce bordel, tu ne ranges rien.

Je haussai les épaules et la suivis sans répondre dans la cuisine. La vue des paquets de surgelés me coupa l'appétit. Après le gueuleton de midi...

— Au fait, toi qui as des combines par la Compagnie, tu ne pourrais pas nous avoir un esclave ? Ça va devenir légal : on l'a dit à la radio ce matin. Tout le monde en parlait au bureau...

— Ça n'est pas encore voté, et la Compagnie est contre. Si ça venait aux oreilles de mon chef de service, j'aurais des problèmes...

— Evidemment, monsieur ne pense qu'à lui... Ça n'est pas toi qui fais le ménage. Monique, tu sais, la grande brune qui bosse à la Compta. Elle en a pris un, et ça marche beaucoup mieux entre son mari et elle...

— C'est leur problème, dis-je. Moi, je suis contre... D'ailleurs où le logerais-tu, cet esclave ?

— On pourrait très bien le mettre à la cave. Suffirait de virer ton bordel...

— Tu imagines qu'ils apprennent ça à la Compagnie !

Elle se planta en face de moi, les poings sur les hanches.

— Tu as des scrupules ridicules. L'esclave de Monique est très content. Une cave bien aménagée, il y a beaucoup de gens qui s'en contenteraient...

Elle me tourna le dos et se pencha pour mettre les surgelés dans le four. Ce geste fit saillir ses fesses. Je risquai une caresse, qu'elle repoussa d'une tape sur la main.

— Ton égoïsme ne me donne pas envie, crois-moi !

Je n'insistai pas. Plus tard, au lit, elle s'allongea en me tournant le dos, mais ne réagit pas lorsque je me collai contre elle et fis courir mes mains sur son corps. Elle ne commença à remuer, lentement, qu'après que je l'aie pénétrée, prenant son plaisir seule.

— C'est pour cette histoire d'esclave que tu es fâchée ? demandai-je en effleurant ses pointes de seins. Tu rêves d'un bel esclave, n'est-ce pas ? Et pourquoi pas une esclave ?

Elle laissa échapper un rire rauque.

— Petit salaud ! Tu oublies vite tes grands principes...

— Et ta collègue, soufflai-je. Qu'est-ce qu'elle fait avec son esclave ?

Nous continuâmes ce petit jeu pendant un moment. Ensuite Véronique se blottit contre moi, et, profitant de mon demi-sommeil, je crois bien qu'elle m'extorqua la promesse d'acheter ce fameux esclave. Toujours est-il qu'au réveil, ma compagne semblait de bien meilleure humeur.

— Au fait, tu ne m'as pas dit ce que te voulait Deschiens, remarqua-t-elle quand nous fûmes installés devant nos bols de café — elle avait préparé le petit déjeuner sans râler, chose assez inhabituelle.

— Hum, dis-je en donnant un coup de dent dans ma tartine, je crois qu'il veut me mettre sur un coup...

— Mais encore ?

— Ça n'est pas encore complètement décidé. Il ne faut pas en parler...

Véronique poussa son tabouret pour se coller contre moi, me caressa la cuisse affectueusement.

— On ne va pas se faire des cachotteries entre nous.

— Non, bien sûr... Ce n'est pas une question de cachotteries. Si ça venait à l'oreille des concurrents, ça casserait la baraque.

Elle interrompit son mouvement, s'écarta.

— Si tu ne me fais pas confiance...

— Mais si, mais si... Tu n'en parleras pas au bureau ?

— Juré.

— Bon, Deschiens a une idée qu'il juge géniale. Avec toutes les restrictions de déplacement, l'insécurité, les attentats terroristes, les riches ne peuvent plus beaucoup bouger de chez eux. Entre bobonne et la télé, ils s'emmerdent de plus en plus. Deschiens veut donc créer un nouveau service, pour les distraire à domicile...

— Je ne vois pas le rapport avec la Compagnie.

— Laisse-moi finir. Il va recruter des animateurs dans les quartiers délaissés. Ils organiseront des soirées, ils raconteront comment ça se passe dans leur zone : la violence, la lutte pour la survie... Ça devrait avoir un succès terrible, du moins au début. Après, les gens se lasseront évidemment. Mais s'il réussit à lancer la mode, ça peut faire un tabac pendant un certain temps...

Véronique me dévisagea, sa tartine à la main. Elle paraissait vaguement déçue. Peut-être s'imaginait-elle que j'allais lui annoncer que Deschiens me bombardait chef de service ou quelque chose comme ça.

— Et qu'est-ce que ça leur rapportera, à la Compagnie ?

— Les patrons de la Boule ont plusieurs objectifs, expliquai-je. (Je reprenais presque mot à mot les paroles de Deschiens.) Primo, c'est une opération psychologique. Ça pourrait couper l'herbe sous le pieds des Libs.

Depuis six mois, le parti libéral individualiste avait lancé une campagne nationale contre les organismes de charité. Leurs affiches fleurissaient sur tous les murs. De notre fenêtre, on en apercevait une immense, phosphorescente et éclairée nuit et jour. Une jeune femme pointait son index sur sa (ravissante) poitrine en disant : « Je pense à moi ! Halte au racket de la charité ! » On ne savait pas trop qui finançait tout ça, mais les Libs montaient dans tous les sondages.

— Oui, expliquai-je, ça démontrerait à l'opinion que riches et pauvres peuvent s'apporter mutuellement quelque chose, que l'aide ne fonctionne pas à sens unique...

— Possible, dit Véronique qui n'avait pas l'air très convaincue.

— Ensuite les animations seront facturées assez cher, et l'ensemble du programme pourrait être subventionné si ça marche. Troisièmement, c'est un excellent moyen pour nous implanter dans des secteurs qui nous échappent pour le moment. Tu penses bien que les candidats vont se bousculer au portillon...

Véronique parut réfléchir. Elle avala une grande gorgée de café, puis me tapota la cuisse.

— Ouais, ce type, Deschiens, n'est pas si con que ça. Tu n'aurais pas réussi à imaginer ça tout seul...

Pour une fois que des perspectives nouvelles s'ouvraient à moi, fallait encore qu'elle trouve le moyen de me dévaloriser !

— Même si j'avais eu cette idée, il aurait fallu que je passe par la voie hiérarchique pour la faire aboutir. Tornard aurait commencé par me la piquer. Tu sais très bien comment ça se passe à la Boule, je te l'ai déjà expliqué. (Je haussai les épaules.) Des idées, j'en ai eu des dizaines, mais quand tu n'as pas la possibilité de les imposer, ça ne sert pas à grand-chose... Tiens, mon truc, la lumière dans la tour du Front de Seine pour Noël, c'était bon...

— Et ils vont t'augmenter ?

— Si je fais mes preuves, sûrement. Deschiens m'a fait comprendre que je n'aurais pas à le regretter. Pour l'instant, je suis détaché. Je vais tester le programme sur un secteur pilote : le Nouvel-Auber...

Véronique émit un petit sifflement. Je crus déceler sur son visage la trace d'une considération toute neuve.

— Hier la Tour d'Argent, aujourd'hui le Nouvel-Auber, tu ne t'emmerdes pas. Crécher dans le Nouvel-Auber, c'est un de mes fantasmes.

Véronique avait des goûts de luxe. Ça n'était pas une découverte pour moi. Elle m'avait toujours reproché mon manque d'ambition. Je crois bien que si un type comme Deschiens le lui avait proposé, elle m'aurait quitté sans hésiter pour aller s'installer chez lui. Mais voilà, les nanas prêtent à tout pour se faire bronzer sur les terrasses du Nouvel-Auber ou de Super-Neuilly, ça courait les rues.

— Je vais seulement bosser quelque temps là-bas, pas y vivre, précisai-je pour doucher son enthousiasme.

— Tout de même, tu m'inviteras ?

— Si c'est possible. Pour le moment : pas un mot !

Elle se ferma. Probablement se voyait-elle déjà racontant à ses collègues que son jules venait d'être muté dans le Nouvel-Auber. Il n'y avait pas plus frimeuse que Véronique. Quand je l'avais draguée, elle avait essayé de me faire croire qu'elle était la secrétaire particulière du président de la boîte d'assurances qui l'employait. Et ça l'avait excitée de draguer un type de la Compagnie — depuis, la cote de la Boule avait sensiblement baissé et la mienne n'avait guère monté, mais elle ne pouvait pas le prévoir...

Elle me colla quand même un baiser sur le front avant de filer.

Après son départ, j'avalai mon café, me rasai, enfilai ma meilleure chemise et mon meilleur costume. L'image que me renvoya la glace ne me donna pourtant pas satisfaction : les nouveaux pauvres des quartiers déclassés me prendraient peut-être pour un nabab, mais les résidents du Nouvel-Auber me jugeraient en trente secondes. Et les riches accordaient beaucoup d'importance à l'apparence. Je n'avais pas les moyens de renouveler ma garde-robe et voyais assez mal comment aborder le problème avec Deschiens. Je ne pouvais tout de même pas déranger le patron du marketing pour un problème de fringues. Après avoir tourné et retourné le problème dans ma tête, je décidai de faire un saut dans un troc du seizième arrondissement.

Une concasseuse de la Préfecture broyait sur place les bagnoles en stationnement irrégulier, les réduisait à l'état de minuscules cubes qu'elle déposait sur la plate-forme d'un camion. Le spectacle attirait comme d'habitude une petite foule de curieux. Certains rigolaient, d'autres râlaient.

Je rangeai ma bagnole en double file devant la vitrine du troc, plaçai mon badge bien en vue sur le pare-brise et descendis sans me soucier de la concasseuse. C'était un des rares avantages dont nous bénéficiions : les véhicules des entreprises humanitaires étaient en principe intouchables.

J'attendis ensuite devant l'entrée pendant un quart d'heure. Une douzaine de clients se succédèrent. Quand un type faisant à peu près ma taille se présenta, un gros sac à la main, je me précipitai.

C'était un jeune. Il avait la gueule blasée du snob qui ne supporte pas de porter trois fois le même truc.

— Vous me permettez de jeter un œil? demandai-je.

— Ici, sur le trottoir? Je ne suis pas marchand de tapis, lâcha-t-il sur un ton suffisamment méprisant pour décourager n'importe qui, sauf un démarcheur de la Compagnie.

— Montons dans ma bagnole, suggérai-je, sans me départir de mon sourire pro. Si vous venez vendre vos affaires ici, c'est que vous n'avez pas l'intention de les balancer ou de les donner à une société de charité. Si ça m'intéresse, je vous les paie cash...

— Je préférerais les balancer que de savoir qu'elles vont aboutir sur le dos d'un pouilleux!

Le type se plantait complètement : les plus belles fringues recueillies dans les collectes n'allaient jamais dans les secteurs déclassés, les cadres de la Boule se les réservaient. C'était un secret de Polichinelle, mais il n'avait pas l'air dans le coup. Je n'allais pas le détromper.

— C'est moi qui les porterai. Vous êtes rassuré?

Il parut hésiter. Il avait probablement besoin de fric, mais il lui fallait sauver les apparences.

— C'est bien pour vous rendre service.

Son sac contenait un superbe blouson Saint-Martin. La dernière mode, deux pièces de cuir de couleurs différentes disposées en diagonale et une seule manche, pour symboliser le demi-manteau que le saint donna, paraît-il, à un pauvre. Je ne pus m'empêcher de sourire; ce type n'en était pas à une contradiction près. Peut-être ignorait-il tout simplement l'origine de cette mode...

— Il est absolument neuf.

— Ouais, dis-je en tâtant la doublure, mais ça va se démoder vite.

Il y avait aussi une paire de rangers en peau de serpent, un pantalon de soie et plusieurs chemises. Je réussis à arracher le tout pour quelques billets. De toute façon le fripier lui en aurait donné encore moins, et il le savait. Il ne réalisa qu'ensuite que ma bagnole appartenait à la Compagnie.

— Vous m'avez eu ! protesta-t-il mollement.

— C'est pour moi. Vous avez ma parole, ça n'aboutira pas dans une zone.

Il ne sembla pas très convaincu, néanmoins il fit comme si, et s'éclipsa en empochant mes billets. C'étaient mes derniers, je n'avais plus un sou sur mon compte, mais j'étais paré pour attaquer le Nouvel-Auber.

4

Pour pénétrer dans le Nouvel-Auber, il fallait une carte spéciale contenant une puce qu'on disait impossible à reproduire — en fait, il y avait déjà eu plusieurs affaires de trafic de fausses cartes, mais le scandale avait été étouffé. Toutes sortes de gens qui n'avaient rien à faire dans le secteur pouvaient avoir intérêt à entrer dans le Nouvel-Auber : putes, démarcheurs, escrocs, truands divers, et tous ceux qui s'imaginaient qu'en côtoyant des riches quelques heures ils trouveraient le moyen de devenir riches eux-mêmes, sans compter les mythomanes et les frimeurs. La plaisanterie, quand on se faisait prendre, pouvait coûter assez cher. Ça allait du passage à tabac administré par la milice privée à un séjour en taule ou en camp, voire à l'expulsion dans une zone déclassée. Néanmoins, le Nouvel-Auber, comme Super-Neuilly et tous les secteurs classés A attiraient les indésirables comme des mouches. Pour ceux qui n'avaient jamais eu l'occasion d'y traîner leurs guêtres, fallait reconnaître que l'endroit était assez impressionnant : du marbre, de l'aluminium, de l'acier, du verre partout. Et des vitrines inimaginables. Au premier abord, c'était trompeur : on n'apercevait pas un flic, pas une caméra de surveillance. Mais au moindre incident, vous étiez entouré par les bleus à casquette plate et embarqué dans un fourgon banalisé qui vous conduisait illico au central de sécurité si vous ne possédiez pas la bonne carte.

Pour ma part, je n'avais mis les pieds ici qu'une seule fois, dans le cadre d'une mission charitable de la Compagnie. Ça me faisait un drôle d'effet de me balader tout seul. Je commençai par ranger ma bagnole et faire quelques pas, histoire de me familiariser avec l'endroit. Ce qu'on racontait était vrai : au bout d'un moment, on se sentait différent.

J'avais ma petite idée sur la façon de procéder. Pas question de faire du porte à porte, pour demander aux gens : « Dites, ça vous intéresse de recevoir un pauvre chez vous pour le week-end ? » Il fallait trouver un relais local. Je commençai par une agence de voyages que m'avait recommandée Deschiens.

Des écrans vidéo géants où défilaient des paysages exotiques occupaient les murs. Cocotiers, plages de sable fin, neiges éternelles. Un couple installé sur un canapé se faisait projeter des clips. J'attendis patiemment qu'on s'intéresse à moi, demandai à voir le patron en tendant ma carte de la Compagnie. Le vendeur y jeta un œil méprisant, mais consentit à m'entraîner dans une pièce meublée de profonds fauteuils où un gros homme portant un costume de tweed rétro vint me rejoindre. Il souleva ses lunettes d'écaille pour lire mon nom sur la carte et me tendit la main.

— Je suis Etienne Schumacher, le directeur de cette agence. Que puis-je pour vous, monsieur Cesbran ? Vous êtes, si j'ai bien compris, un collaborateur d'Yves Deschiens. C'est un de nos excellents clients. Plusieurs administrateurs de la Boule comptent parmi nos abonnés. Je serais très heureux de vous satisfaire vous aussi...

Son sourire se rétrécit quand il comprit que je ne venais pas m'offrir un voyage aux Seychelles ou en Thaïlande.

— Je dois vous avouer, monsieur Cesbran, que je ne suis pas très chaud pour sortir de nos activités traditionnelles. Voici trois ans, nous avons participé à l'opération « Vivez une journée comme un pauvre » qui, comme vous le savez, s'est soldée par un fiasco. Nous avons perdu quelques billes dans l'affaire...

Il avait aussi perdu quelques clients, disparus avec leurs guides dans les zones déclassées. Comme il était douteux que lesdits clients aient volontairement changé de condition pour le restant de leur vie, on pouvait supposer qu'il leur était arrivé une mésaventure fatale. Ces « accidents » avaient entraîné l'interdiction des circuits. Je m'en souvenais parfaitement.

— Ça n'a strictement rien à voir, protestai-je. Cette fois, les risques seront quasiment nuls...

— C'est peut-être une bonne idée, convint Schumacher au terme d'une heure de palabres. Je vais réfléchir, je vous rappellerai... Vous pouvez naturellement compter sur ma discrétion si l'affaire ne se fait pas.

— Monsieur Schumacher. Il nous faudrait une réponse rapide. N'oubliez pas qu'il existe une demi-douzaine d'agences comme la vôtre dans le Nouvel-Auber. Nous avons aussi la possibilité de passer des annonces dans le magazine télé local, mais M. Deschiens aurait préféré traiter avec vous...

Cette fois, je lus sur son visage qu'il redoutait de voir une affaire juteuse lui échapper. Il souleva à nouveau ses grosses lunettes.

— Au cas où nous accepterions, la commission de l'agence s'éleverait à 25 %, précisa-t-il.

— Vous êtes cher! dis-je, par pur principe car Deschiens m'avait autorisé à négocier jusqu'à 33 %.

Je repartis d'un pas plus léger. J'avais la certitude que Schumacher était bien ferré. En attendant sa réponse, je pouvais commencer à sélectionner les candidats. Avant de quitter le Nouvel-Auber, j'allai pourtant m'offrir un gueuleton, en note de frais. Je commençais à prendre goût aux restos de riches. Ça me changeait agréablement de la cantine de la Boule et des restaurants de la Bienfaisance où tout le personnel devait manger une fois par semaine pour donner l'exemple. J'aurais volontiers invité Véronique, je ne pense pas que Deschiens aurait fait éplucher l'addition par son comptable, mais je n'avais pas la possibilité pour le moment de procurer une carte à ma compagne. J'espérais bien trouver un prétexte pour en obtenir une plus tard. Si je devais dans l'avenir passer pusieurs jours de suite dans le Nouvel-Auber, il était logique que Véronique soit autorisée à m'accompagner, comme le sont les épouses des cadres de la Compagnie.

Cette fois, les larbins me traitèrent avec toute la considération qu'était en droit d'attendre un résident du Nouvel-Auber. Pas de doute : l'habit faisait le moine. Du moins tant que je conservais dans ma poche la carte et le badge de la Compagnie. Je conclus par deux cafés et un cognac, pour retarder encore un peu le moment où il me faudrait quitter ce paradis pour retrouver la Boule. De sorte qu'au moment de grimper dans ma bagnole, j'étais un peu gai. Au point de ne pas remarquer qu'un type était déjà installé sur la banquette arrière.

— Démarre, Cesbran, ordonna-t-il.

Sa voix ne contenait aucune trace d'agressivité. Son ton, neutre, trahissait plutôt l'indifférence et l'ennui.

— Eh là, protestai-je. Je suis en règle !

Ricanement.

— Une carte, même régulière, ne protège pas contre une balle de 11,65. C'est le calibre du truc qui est braqué sur ta nuque, Cesbran.

Je ne tentai pas de me retourner pour vérifier.

— Il doit y avoir erreur, dis-je. Je ne suis qu'un courtier accrédité de la Compagnie. Je n'ai pas un rond sur moi. Si c'est mon Saint-Martin qui vous impressionne, sachez, cher monsieur, que je viens de l'acheter au troc pour trois fois rien...

— Rien à foutre de ton Saint-Martin, sinon que je vais faire un beau trou dedans, juste entre les deux épaules, si tu ne te décides pas à démarrer...

Je tournai le démarreur.

— Très bien, où allons-nous ?

— Tout droit. Ensuite je t'indiquerai...

Il me fit traverser ainsi la moitié du Nouvel-Auber, puis brusquement bifurquer sur ma droite et pénétrer dans un parking. Avant que j'aie eu la possibilité de me repérer. En fait, toutes ces rues se ressemblaient plus ou moins et j'aurais bien été en peine de reconnaître celle-ci. Nous traversâmes le parking souterrain. Il se tenait légèrement derrière moi, sans prononcer un mot inutile. Dans l'ascenseur pourtant, nous nous retrouvâmes face à face. Il conservait sa main dans la poche de son imperméable. C'était un type entre deux âges. Il n'avait pas la gueule de l'emploi. Plutôt celle d'un vieil employé de la Boule.

La cabine s'immobilisa au vingt-cinquième. Une porte s'ouvrit sur le palier. Le sbire me fit signe d'entrer et s'effaça. Je me retrouvai dans un vestibule dont la surface devait représenter deux ou trois fois celle de l'appartement que j'occupais avec Véronique. Quasiment vide, des murs blancs, des tapis orientaux dans les tons rouge et ocre et quelques meubles anciens, chinois ou japonais, je n'aurais pas su dire.

Voix suave.

— Soyez assez compréhensif pour me pardonner la forme de cette invitation, monsieur Cesbran.

La voix émanait d'un homme installé derrière un bureau, dans la pièce qui prolongeait ce vestibule. Il devait avoir entre quarante et quarante-cinq ans. Son visage ne m'était pas complètement inconnu. Un menton proéminent, volontaire, un front carré et un regard gris acier, glacial. Il me sembla l'avoir remarqué dans les médias. Je m'avançai dans sa direction. Il se leva à mon approche. La clarté me surprit et m'éblouit. D'immenses baies vitrées s'ouvraient de chaque côté. L'homme m'entraîna vers une de ces parois de verre.

— Nous avons une vue magnifique, n'est-ce pas, monsieur Cesbran ? Nous dominons tout le Nouvel-Auber. La boule que vous apercevez sur votre gauche, c'est la Géode. Elle n'est pas aussi impressionnante que celle qui abrite votre compagnie, bien sûr... Et sur votre droite, ces barres blanches, ce sont les entreprises qui remplacent l'ancien tissu industriel et assurent la prospérité du secteur. Recherche informatique et électronique. Elles comptent parmi les plus performantes d'Europe...

— C'est en effet très impressionnant, mais...

— Mais vous vous interrogez sur les motifs de cette... convocation. Installez-vous, je vous en prie.

Je me laissai tomber dans un immense canapé de cuir blanc. Il n'y avait rien d'autre à faire en attendant que ce type se décide à s'expliquer. Il démasqua un mini-bar en faisant pivoter un élément de bibliothèque, dans le plus pur style des gadgets des vieux films rétro, me proposa une boisson. Je refusai.

— Voyez-vous, monsieur Cesbran, Nouvel-Auber fonctionne très bien. En circuit fermé sans doute, mais il n'y a guère moyen de faire autrement. Nous avons ramené la délinquance au niveau le plus bas. Chacun ici peut sortir de chez lui sans risquer de se faire égorger ou de sauter sur la bombe d'un terroriste. Nous n'avons pas d'industrie polluante, l'air est respirable. Il y a de la place dans les écoles et les lycées pour tous les enfants des résidents. Lorsque nous avons rasé les anciennes communes d'Aubervilliers et La Courneuve, pour tout reconstruire, nous avons réussi à éliminer la plupart des maux qui rongeaient cette banlieue pour en faire un modèle du genre. Vous me direz sans doute que seule une minorité privilégiée profite de ces bienfaits, mais c'est la règle du jeu, n'est-ce pas... Nous ne sommes pas responsables des difficultés que connaissent les anciennes populations dans les zones déclassées. C'est pourquoi je dois vous avouer que nous n'apprécions guère l'intrusion de votre Compagnie, quelles que puissent être vos intentions dont je ne nie pas le caractère généreux.

— La Compagnie est une entreprise reconnue d'utilité publique, dis-je. Elle est autorisée légalement à intervenir dans tous les secteurs...

— Certes, monsieur Cesbran, mais les résidents du Nouvel-Auber n'ont rien à en attendre. Votre présence n'aboutirait qu'à créer un malaise, à donner mauvaise conscience à des citoyens qui ne le méritent pas. Regardez les chiffres : nous sommes une des communes qui, en pourcentage comme en valeur absolue, verse les plus importantes subventions au budget humanitaire. Que voulez-vous de plus ?

Je pris mon souffle.

— Je ne suis pas le patron de la Compagnie.

L'homme leva une main apaisante.

— Sans doute, mais vous n'êtes pas non plus un simple exécutant. On vous a chargé d'une mission particulière.

— Je peux vous assurer que cette mission ne remet pas en question la tranquillité du secteur. Elle n'a d'ailleurs rien de mystérieux. Je ne peux pas vous la révéler pour le moment, mais elle sera bientôt publiquement annoncée... Je vous assure que c'est... euh, tout à fait anodin.

— Souhaitons-le, monsieur Cesbran, car un certain nombre de résidents, dont je suis, n'accepteraient pas que la sérénité de leur commune soit troublée... La politique des trusts humanitaires suscite de plus en plus de réserves pour ne pas dire d'hostilité dans l'opinion publique. Vous ne l'ignorez pas ?

Son ton s'était fait plus sec. La consigne de la Compagnie était de ne jamais se laisser entraîner sur le terrain politique. Aussi me contentai-je d'opposer à mon interlocuteur un sourire poli.

— Mon opinion, que beaucoup de mes concitoyens partagent, poursuivit-il, est qu'il est temps de mettre fin à ce gaspillage. C'est dur à admettre pour des gens qui se sont consacrés à la cause humanitaire, certes. Mais l'intérêt général commande d'utiliser d'une façon plus productive les capitaux gigantesques qui alimentent les entreprises comme la vôtre...

— Et que deviendraient les zones déclassées sans cette assistance ? demandai-je poliment.

Il se dirigea vers la paroi vitrée, contempla un instant le paysage, puis revint vers moi.

— Le développement séparé, voilà la solution. Que les déclassés s'organisent dans leurs zones et ceux qui le méritent s'en tireront beaucoup mieux qu'aujourd'hui. Ce n'est pas une question de morale ou d'idéologie, monsieur Cesbran, mais de logique économique.

C'était le discours classique des Libs, il n'y avait rien à ajouter. Ce type m'avait fait venir pour m'infliger un topo politique.

— La Compagnie se contente d'intervenir dans le cadre de la loi et refuse systématiquement de s'engager sur le plan politique, rappelai-je.

Cette position était un peu hypocrite, je ne l'ignorais pas. La Boule soutenait et subventionnait toutes sortes de politiciens et de technocrates, à tous les niveaux, comme le font tous les humanitaires. Mais rappeler ce principe était la meilleure façon d'éviter une polémique stérile.

L'homme se contenta à son tour d'un sourire ironique.

— Je ne vous retiendrai pas plus longtemps, monsieur Cesbran.

Il me reconduisit jusqu'à l'entrée de son immense appartement-bureau. Je redoutais le retour de son sbire, mais il semblait avoir disparu de la circulation.

Sur le pas de la porte, il posa sa main sur mon bras.

— Je pense que vous êtes un excellent commercial, monsieur Cesbran. Ce serait dommage de gâcher vos talents et votre avenir dans une entreprise qui a ses beaux jours derrière elle.

Je m'attendais à ce qu'une proposition suive, mais cette offre ne vint pas, elle demeura plus ou moins tacite, du moins le compris-je ainsi.

— Retrouverez-vous seul votre voiture ou dois-je vous faire accompagner ?

Cette fois l'ironie et l'allusion à la menace représentée par le sbire étaient très nettes.

— Merci, je me débrouillerai.

L'ascenseur me ramena dans les profondeurs de l'immeuble. Je regagnai mon véhicule. Le type en imperméable m'y attendait, une fesse posée sur l'aile. Il se leva à mon arrivée, m'adressa un clin d'œil. Je lui répondis de la même façon. Il ne m'impressionnait plus. A y bien réfléchir, il n'était pas plus dangereux que tous les gens que je croisais chaque jour dans les quartiers déclassés. Probablement moins même. Mais c'était son apparition dans un secteur aussi calme que le Nouvel-Auber qui m'avait pris de court. Ça ne marcherait pas deux fois.

— Dis-moi, l'ami, demandai-je en passant devant lui, ton patron a vraiment l'air sympa, mais il ne m'a pas donné son nom...

— Tu n'auras qu'à le lire en sortant. C'est écrit en gros sur la baraque.

Après avoir gravi la rampe du parking, j'arrêtai la voiture, sortis et contemplai la tour de verre et d'acier. Un nom s'inscrivait en effet en lettres gigantesques à la hauteur du dixième étage.

CONSORTIUM ELECTRONIQUE
BERTRAND DORVAL

Le type qui venait de me recevoir de cette curieuse façon ne pouvait être que l'héritier Dorval.

Le neveu d'un aventurier qui avait fait fortune en reprenant des dizaines d'entreprises au franc symbolique. Je me souvins d'avoir vu sa tête à la télé. Il contrôlait les plus importantes boîtes du Nouvel-Auber. Au point de passer pour le parrain du secteur. Il figurait aussi dans le Comité central des Libs dont il était une des figures de proue.

En quatre jours, j'étais passé du statut de démarcheur se coltinant des déclassés minables à celui d'individu reçu par des pontes tels que Deschiens et Dorval. De quoi rester rêveur. Six ans plus tôt je zonais encore dans un secteur déclassé quand j'avais été recrûté comme vacataire par un courtier de la Compagnie. Un autre aurait pu se gonfler la tête. Pas moi : ces changements étaient prometteurs mais aussi lourds de menaces.

5

Ça me fit un drôle d'effet de me retrouver dans mon misérable bureau en compagnie de mes deux collègues qui tapaient leurs rapports sur leurs terminaux. Pour éviter les questions inutiles, je m'étais changé dans la voiture à la sortie du Nouvel-Auber. Personne ne se baladait dans la Boule avec un Saint-Martin sur le dos, en dehors des grands patrons.

Au bout de cinq minutes, les appels téléphoniques se succédèrent.

Véronique d'abord.

— Alors, le Nouvel-Auber, c'était comment ? Tu m'emmèneras ?

— Je suis en plein boom, Véronique. Je te raconterai ce soir.

— J'en profite pour te prévenir que je rentrerai plus tard. Il y a eu une émeute. Paraît que le métro est bloqué à nouveau jusqu'à jeudi...

Ensuite Tornard.

— Dites, Cesbran, j'espère que ça se passe bien pour vous...

— Tout baigne...

— Bon, on a mis quelqu'un d'autre sur votre affaire, la lumière dans la tour, ne vous inquiétez pas. Impeccable, les gens ont signé... Ça passera sur la huit. Sinon, je voulais vous dire, si vous avez besoin de quelque chose, vous faites signe. Le patron vous laisse carte blanche.

— Ça tombe bien, j'allais vous appeler. J'aurais besoin d'un bureau tranquille. C'est possible ?

— Aucun problème, mon vieux.

Il me rappela cinq minutes plus tard pour me donner les coordonnées d'un bureau. Tornard avait dû recevoir des consignes. Il cherchait à sauver les apparences pour avoir l'air dans le coup.

Puis la secrétaire de Deschiens me demanda d'appeler son patron sur sa ligne directe. Quel honneur !

— Je souhaiterais un rapport précis, oral, disons tous les deux jours... Pas de problème pour le moment ?

Je marquai un temps d'hésitation.

— Aucun, permettez-moi de vous renouveler mes remerciements pour m'avoir confié...

— Bon, ça va comme ça, mon vieux. Menez cette opération à bien et évitez les grands discours...

— J'y consacre tous mes efforts. Euh, cette mission entraîne quelques frais...

— Faites parvenir vos notes à la compta...

Deschiens était déjà beaucoup moins prévenant que lors de notre déjeuner en tête à tête. Je n'avais pas envie de lui parler de Dorval. Je préférais conserver cette information. Une demi-journée dans le Nouvel-Auber avait fait naître en moi un désir impérieux : ne plus remettre les pieds dans les zones déclassées, même si je devais laisser tomber la Compagnie pour un autre patron. Je ne me berçais pas d'illusions : Deschiens ne me ferait pas de cadeau. Pour le moment, il fallait pourtant jouer le jeu.

Troisième appel. Le standard me signalait que quatre candidats m'attendaient. Ils avaient été recrutés le matin même, sur mes consignes, pendant que je visitais le Nouvel-Auber.

— C'est O.K., j'arrive.

Je décidai de les recevoir individuellement dans un premier temps, puis de les former collectivement après avoir éliminé les indésirables.

Le premier avait vraiment une sale gueule. Une cicatrice violacée courait de sa joue gauche à sa mâchoire. Je fus sur le point de l'écarter, puis changeai d'avis. Si ce type n'était pas trop con, son look pouvait être un atout supplémentaire. Ça lui donnerait un côté pittoresque. A condition de ne pas avoir affaire à un violent incapable de se contrôler qui susciterait des incidents. En fait, il s'agissait, s'il ne jouait pas la comédie, d'un type d'une timidité surprenante pour un déclassé. Je pris acte de sa candidature, sans m'engager.

— On vous fera passer des tests, conclus-je.

Le candidat suivant était une femme. Une jeune fille d'aspect frêle.

— Nous nous sommes déjà rencontrés, n'est-ce pas, dis-je.

— Il y a trois jours, vous êtes venu dans ma tour,

sur le Front de Seine. Grâce à vous, nous allons avoir l'électricité pour Noël...

Son ton ne permettait pas de savoir si elle était sincère ou si elle se foutait carrément de moi. Elle me regardait dans les yeux, sans gêne apparente. Elle était maigre avec un petit visage dur, des yeux vifs, un menton pointu et des lèvres pleines.

— Pourriez-vous m'expliquer de quoi il s'agit, monsieur Cesbran ? demanda-t-elle.

Elle avait apparemment retenu mon nom — j'avais laissé ma carte au délégué de la tour.

— Chaque chose en son temps, répondis-je en souriant. Je vois que vous connaissez mon nom. Seriez-vous assez aimable pour me donner le vôtre ?

— Michaut Hélène. Je suis la fille des postiers... Enfin des anciens postiers. Pourriez-vous m'expliquer ?

J'avais interrogé le postulant précédent sans qu'il ne me pose lui-même une seule question. Rien ne m'obligeait à satisfaire sur-le-champ la curiosité d'Hélène Michaut, pourtant un élan de sympathie m'y poussa. Cette fille me rappelait mon propre passé.

— Avez-vous entendu parler du Nouvel-Auber ?

Elle haussa les épaules.

— Comme tout le monde. A la télé. On avait encore la télé à l'époque. Ils ont montré ça aux informations, quand ils ont tout rasé. Ça doit faire plusieurs années, j'étais môme...

— Mais aujourd'hui, c'est un quartier...

Je réalisai soudain que j'avais envie de parler à

quelqu'un de ce que j'avais ressenti en découvrant le Nouvel-Auber.

— Oui ? dit-elle en penchant sa tête de côté avec un air attentif.

— Eh bien, c'est un quartier extraordinaire, avec tout le confort et le luxe dont vous pouvez rêver, mais les gens, pour parler vulgairement, s'emmerdent... Le stress des secteurs A, il y a eu une étude médicale sur le sujet...

Un rire frais et presque joyeux lui échappa.

— Et vous avez besoin de cobayes pour étudier le stress des riches ? Je suis volontaire, du moment que vous ne m'inoculez pas des trucs...

Des expériences médicales sur des volontaires issus des secteurs déclassés avaient entraîné des scandales, et beaucoup de gens se méfiaient.

— Rassurez-vous, mademoiselle, ce n'est pas le genre de la Compagnie. Nous ne pratiquons pas d'expériences...

— Il y en a qui ont dit ça et qui ont tout de même revendu des volontaires à des labos...

— Il est possible que des marginaux se soient livrés à des trafics. Mais aucune grande société humanitaire ne procéderait ainsi. Nous ne pouvons pas nous le permettre. Nous avons une image de marque à défendre, qui nous a coûté des milliards d'investissements...

Elle m'écoutait débiter mon baratin, la tête penchée, avec l'air de penser : « Cause toujours, mais décide-toi à annoncer la couleur. » J'étais conscient que mon discours paraissait stéréotypé, mais ça sortait pratiquement tout seul. Nous étions plus ou moins conditionnés par les stages de formation permanente de la Compagnie.

— En deux mots, mademoiselle Michaut, ce sont des animateurs que nous recherchons, pas des cobayes. Il s'agit d'animer des soirées...

— Vous voulez dire quoi ? Des partouzes ?

Je ris à mon tour.

— Pas du tout. C'est en tout bien tout honneur, si vous me passez cette expression ringarde. Des conférences sur la vie dans les zones déclassées.

— Pour convaincre les riches de subventionner votre compagnie ? J'aurai un pourcentage ?

— Pas exactement. Il ne s'agit pas d'apitoyer les participants, ni de leur donner mauvaise conscience, plutôt de les distraire avec des anecdotes originales qu'on ne lit pas dans les journaux. Mais cette animation sera bien entendu rémunérée, m'empressai-je de préciser. Et vous serez logée et nourrie. Par soirée, nous avons prévu...

J'avançai un chiffre. Elle ne réussit à dissimuler ni sa surprise ni son intérêt.

— Je suis partante, s'il n'y a pas de coup fourré derrière...

Visiblement, elle n'arrivait pas à y croire.

— Vous pouvez me faire confiance, on ne vous demandera rien de plus. Nous signerons un contrat en bonne et due forme. Mais, de votre côté, il vous faudra faire la preuve que vous êtes capable d'assurer ces animations.

— Aucun problème, affirma-t-elle.

Cette fille semblait très sûre d'elle, ou du moins

cherchait à en donner l'impression. Elle me faisait l'effet d'une petite bonne femme décidée à sortir de sa zone par tous les moyens.

Je reçus ensuite les deux autres. Ils me prenaient pour un personnage important et multipliaient les courbettes dans l'espoir de se faire engager. Ils me déplurent, mais je leur fixai rendez-vous pour le lendemain, comme aux deux premiers, et demandai au service concerné de leur faire établir un laissez-passer provisoire au nom de la Compagnie.

J'allais quitter la Boule quand SchUmacher me passa un coup de fil. Comme je m'y attendais, il avait décidé d'accepter mes propositions.

— Plusieurs de mes clients sont intéressés. Quand pensez-vous commencer ?

— J'espère que nous serons opérationnels d'ici deux ou trois jours.

— Alors ce serait bien que vous rencontriez ces clients pour leur expliquer comment ça fonctionne. En ce qui concerne notre commission...

Il réclamait maintenant 30 %. Je transigeai à 28 %, pour me faire respecter. J'étais assez satisfait de ma journée en rentrant chez moi. Seule ombre au tableau : les menaces voilées de Dorval.

Véronique me pressa de questions. Il fallut que je lui raconte en détails ce que j'avais vu dans le Nouvel-Auber, que je lui montre ma carte.

— Tu me la prêteras ? Juste pour aller voir les magasins ?

— Impossible, c'est nominatif. Ça serait un coup

à me faire virer de la Boule. J'essaierai de t'en obtenir une...

Elle me prouva sa reconnaissance anticipée en me faisant l'amour avec raffinement et tendresse, puis se mit à pleurnicher.

— Je ne supporte plus cette vie à la con. Tu ne peux pas savoir ce que je m'emmerde au boulot. Et en ce moment, nous avons des tas de problèmes avec les assurés qui se plaignent qu'on ne les rembourse pas assez vite, que c'est pire que la Sécu...

Depuis la suppression de la Sécu, les compagnies d'assurances avaient pris une extension fantastique, mais les litiges se multipliaient et les tarifs augmentaient sans arrêt. Heureusement une mutuelle couvrait tous les employés de la Boule.

— Que veux-tu que j'y fasse ? C'est partout pareil, il y a des problèmes dans toutes les entreprises, il faut faire avec. Ça vaut mieux que de vivre dans un secteur déclassé... Ne nous plaignons pas trop, dis-je sans grande conviction.

— Tu répètes les conneries de la télé, protesta-t-elle gentiment en me caressant la poitrine. Moi, ma vie ne me convient pas quand je sais qu'il existe des endroits comme le Nouvel-Auber... Au fait, tu sais pourquoi il y a eu des bagarres cet après-midi et qu'ils ont fermé le métro ?

— Non, mais tu vas me l'apprendre...

— Le bruit a couru qu'ils allaient déclasser tout le quartier de l'ancienne gare Saint-Lazare. En fait ils voulaient seulement virer une bande de chômeurs qui ne payent plus leurs loyers, mais les gens ont flippé. Paraît que la rumeur a été propagée par des agitateurs... Qu'est-ce que tu en penses ?

— Pas grand-chose. Pour être franc, je m'en fous complètement. Enfin je regrette que tu aies été obligée de te taper le chemin à pied. (J'écartai sa main.) Maintenant, sois gentille, Véronique, j'ai besoin de dormir. Demain, j'ai une journée chargée.

Nous nous tournâmes chacun de notre côté, mais tous ces événements avaient surexcité Véronique et elle revint à la charge plusieurs fois dans la nuit. Nous n'étions pas très frais l'un et l'autre le lendemain matin.

Quand j'arrivai à la Boule, il y avait un attroupement devant l'entrée principale. Des manœuvres empilaient des caisses de conserves dans des camions aux armes de la Compagnie. Une équipe de la douze filmait l'opération.

Les distributions de vivres représentaient un tiers du chiffre d'affaires de la Compagnie. Les stocks provenaient des dons des entreprises, des collectes et de la récupération des aliments ayant dépassé leurs dates limite de mise en vente qui variaient selon les zones. Des produits périmés dans les secteurs A pouvaient être vendus quinze jours plus tard en secteur C, sans enfreindre les règlements d'hygiène. Au terme du circuit, ils étaient distribués gratuitement ou à très bas prix dans les zones déclassées par les sociétés humanitaires agréées. Ces opérations étaient très rentables pour la Compagnie dans la mesure où l'Etat lui versait une subvention de dix eurécus par kilo de bouffe. Elles avaient eu un excellent impact publicitaire jusqu'à ce qu'éclate le scandale de la chaîne de magasins *Déchets shop,* lancée par la Fondation Abbé Joseph, qui vendait des trucs toxiques à l'entrée des secteurs déclassés.

Je m'approchai. Boutingues se faisait interviewer par une petite nénette insolente qui lui posait des questions du genre : « On raconte que ce sont des aliments avariés. Vous démentez, monsieur Boutingues ? » Le patron ne se laissait pas impressionner.

— Cette salope touche des pots-de-vin des Salutistes ou de l'Institut, me glissa Tornard qui faisait partie des badauds. Ça n'est pas possible autrement. Elle cherche à nous casser la baraque.

— Je crois que c'est une Lib, souffla Ravier qui lui aussi traînait par là, mais Boutingues l'a bien mouchée tout à l'heure.

Les types de la télé rangeaient leur matériel quand on entendit des cris du côté des camions. Deux malabars du service de sécurité intérieure de la Boule encadraient un bonhomme qui se débattait comme un beau diable malgré le déséquilibre des forces.

— Laissez-moi faire mon boulot, braillait-il. Je vous dis que je suis journaliste.

Deschiens, qui redoutait sans doute une bavure en présence de la télé, se précipita.

— On l'a vu essayer de piquer des conserves, expliqua le chef des vigiles.

— Ces accusations sont grotesques ! protesta le type en brossant sa veste. Je jetais juste un œil sur la marchandise pour voir si la came que vous distribuez aux déclassés vaut celle de vos concurrents...

— Je vous invite même à goûter, si vous le

souhaitez, proposa Deschiens avec un large sourire. C'est une méprise regrettable : la Compagnie n'a rien à cacher à la presse...

Le journaliste, ou le prétendu journaliste, déclina cette invitation. Pourtant je remarquai qu'il cachait avec son bras sa poche gauche gonflée par un objet inconnu. Drôle d'idée de voler une boîte de conserve destinée aux pauvres. Au passage, je lui adressai un sourire complice. Son larcin ridicule me laissait indifférent. Une boîte de plus ou de moins ne ruinerait pas la Compagnie...

Je me désintéressai de l'incident et montai rejoindre les candidats qui m'attendaient depuis vingt minutes. En plus des quatre que j'avais reçus la veille, une douzaine de nouveaux s'entassaient dans un petit salon.

Je commençai par réunir les quatre premiers.

— Avez-vous bien réfléchi à ce que vous allez pouvoir raconter au cours de ces soirées ? demandai-je.

Ils m'affirmèrent que c'était chose faite.

— Bien, nous allons procéder à des essais. Mais auparavant, je dois vous préciser un certain nombre de points. Primo, il est formellement interdit d'avoir des relations personnelles, par exemple sexuelles, avec les personnes que vous serez amenés à rencontrer, tout comme de les solliciter sous quelque forme que ce soit. Nous sommes des prestataires de service. Notre travail se limite à ces animations. Nous devons conserver nos distances en toutes circonstances. Il est possible aussi que vos déplacements dans le Nouvel-Auber, pendant la durée de votre séjour, soient soumis à des restrictions. Vous devrez respecter scrupuleusement ces limites. Tout cela sera spécifié dans les contrats. Toute infraction entraînerait l'annulation du contrat à votre tort exclusif. Est-ce suffisamment clair ?

Le type à la cicatrice prenait studieusement des notes. La fille m'écoutait avec une expression légèrement crispée. Les deux autres ne manifestaient pas leurs sentiments.

— C'est tout à fait clair en ce qui me concerne, monsieur Cesbran, déclara Hélène Michaut. Où serons-nous logés ?

— La Compagnie vous procurera des chambres d'hôtel. Dans certains cas, il est possible que vous soyez hébergés par des clients. C'est pourquoi j'insiste sur le fait que cette promiscuité ne doit pas donner lieu au moindre incident...

Ils inclinèrent tous quatre la tête. S'ils espéraient profiter de la situation pour se lancer dans des combines, ils n'allaient évidemment pas me l'annoncer...

— Bien, nous allons procéder à quelques exercices filmés en vidéo pour que vous puissiez vous corriger. Ensuite, nous verrons la question de vos tenues vestimentaires, car vous ne pourrez pas vous présenter ainsi devant nos clients.

Je les questionnai l'un après l'autre. La fille se débrouillait bien. J'ignorais si tout ce qu'elle racontait lui était véritablement arrivé, mais elle saurait entretenir l'intérêt de son auditoire.

— Il faut choisir des anecdotes et des détails truculents, expliquai-je, sans tomber dans le sordide. Mais ça dépendra aussi de votre public. A vous de le sentir... Il ne faut pas non plus faire dans le gnangnan. Les gens attendent des émotions, de l'exotisme...

— C'est un peu contradictoire, non ? remarqua la fille — elle était décidément la seule à s'exprimer.

— A vous de trouver le juste équilibre. On vous paie pour ça...

— Comment allons-nous nous habiller ? questionna encore Hélène Michaut.

J'avais réfléchi à la question. Les animateurs ne devaient pas paraître trop misérables. Il fallait donner des zones déclassées une image à la fois acceptable et haute en couleur.

— Ne vous inquiétez pas, je m'occuperai de ça aussi, promis-je. On vous allouera un budget à chacun. Il faudra conserver les factures.

J'expédiai ensuite une demi-douzaine d'autres candidats avant de prendre la route du Nouvel-Auber. Trois barrages de police me retardèrent. Les flics étaient nerveux : ni ma carte de la Compagnie ni celle de résident provisoire de zone A ne réussirent à les amadouer. Chaque fois ils inspectèrent ma voiture avec un détecteur. Après le contrôle d'entrée du Nouvel-Auber, je fus arrêté une quatrième fois. C'étaient les bleus.

— Alain Cesbran. Vous allez nous suivre : le chef veut vous voir.

J'en pris mon parti, sans même protester de la régularité de ma situation ni chercher à savoir ce que me voulait le patron de la milice privée du secteur. Je commençais à m'habituer à ces tracasseries.

6

Le bureau du chef de la milice était installé dans un immeuble assez semblable à celui du Consortium Dorval. Lui aussi dominait le Nouvel-Auber : la vue portait jusqu'au canal de l'Ourcq et au squelette métallique du métro aérien laissé à l'abandon. Le patron des bleus était un homme grand et fort au teint rougeaud et à la crinière poivre et sel. Son nom s'inscrivait sur une bande cousue au-dessus de la poche de sa vareuse d'uniforme : Joël Letournier.

— Cesbran, je n'irai pas par quatre chemins avec vous, éructa-t-il. Je ne laisserai pas les connards de la Boule foutre la merde dans mon secteur !

Bien entendu, je protestai de mes bonnes intentions, mais il me coupa la parole sans me laisser m'expliquer.

— Ici les gens n'en ont rien à foutre des humanitaires. Ils paient déjà assez cher comme ça. (Il pointa son doigt sur ma poitrine.) Je n'ai pas le pouvoir de vous empêcher de ramener vos loqueteux, puisque la Boule a réussi à leur obtenir des cartes en règle, mais je vous avertis gentiment : si un seul de ces pouilleux fait la moindre connerie, je vous tiendrai personnellement pour responsable !

Tout le secteur était déjà au courant de l'opération avant même qu'elle ait démarré. Quelqu'un avait vendu le morceau.

— Vous êtes bien informé, capitaine, dis-je en affichant un sourire un peu forcé.

— C'est mon boulot qui veut ça, et c'est pour ça qu'on me paie. On n'est tout de même pas aussi nuls que la police officielle.

— Les activités de la Compagnie n'ont rien de clandestin, assurai-je, mais ça m'intrigue tout de même de savoir qui vous a si bien renseigné.

Letournier éclata d'un gros rire et se décida à me proposer un siège et même un cigare, que je refusai. Difficile de savoir si cette colère était feinte ou si j'avais affaire à un de ces types qui passent sans arrêt d'une attitude à l'autre sans raison apparente. Il me sembla que la flatterie, à condition de rester discrète, pouvait payer avec ce bonhomme.

— Avec Schumacher, vous avez joué le mauvais cheval, mon vieux. Nous le tenons depuis des lustres. Ça vous amuse de savoir comment ?

— Dites toujours...

— Ce brave Schumacher fait 40 % de son chiffre d'affaires avec des villages de vacances de la Corse du Sud. C'est un des endroits les plus sûrs depuis que les nationalistes ont été éliminés. Ce que ses clients ne savent pas, par contre, c'est qu'ils vont se bronzer à deux pas du camp de concentration des Agriates. Ni que les copains de Schumacher ont utilisé la main-d'œuvre du camp pour construire leur club de vacances.

Comme beaucoup de gens, j'étais au courant de l'existence du camp des Agriates et de celle d'une demi-douzaine d'établissements du même genre en Guyane et en Nouvelle-Calédonie. Faute de place dans les prisons, on les avait ouverts pour se débarrasser des contestataires et des syndicalistes les plus virulents, après le vote de la loi dite de Consensus national assimilant la grève au terrorisme et réservant les droits civiques aux seuls citoyens actifs. A l'époque, ça avait fait du bruit. Il y avait eu des manifs, des interpellations à l'Assemblée et des commissions d'enquête, puis ça s'était tassé. D'après les reportages que j'avais pu voir à la télé, les détenus étaient très bien traités. La déportation à visage humain, disait le slogan du ministère de l'intérieur, le seul moyen pour protéger la démocratie. Mieux vaut la démocratie à deux vitesses que pas de démocratie du tout, n'est-ce pas ? Moi, la politique ne m'avait jamais passionné.

— Ça n'est pas le scandale du siècle, dis-je, et ça n'a pas l'air illégal.

— Non, mais si ça se savait, Schumacher pourrait perdre des clients. Moi, ça ne me dérangerait pas, mais il y a des âmes sensibles dont ça gâcherait les vacances...

Letournier me racontait-il tout ça pour essayer de m'opposer à Schumacher et de faire capoter mon opération ?

— Si Schumacher a jugé bon de vous informer,

c'est son problème. Je vous répète que la Compagnie mène ses activités au grand jour.

Il pointa à nouveau son doigt sur moi.

— Mais vous, mon vieux, vous poursuivrez les vôtres à l'ombre si vous jouez au con. Ou bien on vous enverra au soleil, dans le désert des Agriates...

— Il faut pour cela un jugement d'un tribunal, dis-je sèchement. Vos menaces ne m'impressionnent pas, et elles sont illégales. Je ne comprends pas du tout pourquoi vous vous acharnez contre les projets de la Compagnie.

— Parce que vous êtes indésirable sur le territoire du Nouvel-Auber ! On a suffisamment de problèmes sans vous. (Son ton changea encore, devint presque larmoyant.) Vous ne pouvez pas imaginer le nombre de connards qui essaient de s'infiltrer en douce ici. Ce matin encore nous avons serré deux leaders et un escroc professionnel. Et pour le moment nous touchons du bois avec les terroristes. On passe notre temps à vider des gus qui se sont fabriqué des fausses cartes, à faire annuler des cartes attribuées à des gens douteux, et vous, d'un seul coup, vous allez nous ramener vingt ou trente déclassés sortis d'on ne sait où pour vos séances d'animation...

Cette tirade me donna à réfléchir : le chef des bleus avait le bras moins long que les patrons de la Boule, sinon il aurait fait annuler ma propre carte et celles qu'on allait établir pour nos animateurs. Cette crise de colère était une manifestation de faiblesse. Mais il aurait été maladroit de lui faire perdre la face en enfonçant le clou. Ce raisonnement logique me rendit mon assurance. J'affichai mon meilleur sourire.

— Pourquoi ne pas travailler la main dans la main, capitaine Letournier? Je ne demande qu'à marcher avec vous. Je me porte garant des gens que j'ai embauchés.

— Alors je veux la liste complète, leurs dossiers, tous les renseignements en votre possession.

— Vous aurez tout ça.

Letournier parut soudain accablé et perdit toute agressivité.

— Mes hommes vont vous accompagner jusqu'à votre bagnole, Cesbran. J'espère ne pas avoir à vous faire revenir ici un de ces prochains jours.

— Heureux d'avoir fait votre connaissance, capitaine Letournier. Croyez-moi, vous avez tort de sous-estimer le rôle des entreprises humanitaires comme la nôtre.

— Epargnez-moi votre baratin.

Une armoire à glace en uniforme bleu m'escorta jusqu'à la sortie du building de la milice. Sans un mot. Je soufflai un grand coup en me retrouvant à l'air libre.

Mon affaire s'annonçait apparemment plus difficile que prévu. Deux pontes locaux semblaient décidés à me mettre des bâtons dans les roues. Pour des raisons qui n'apparaissaient pas clairement, peut-être purement politiques ou idéologiques. Voilà sans doute pourquoi Deschiens m'avait envoyé au casse-pipe : pour éviter de se mouiller lui-même ou de brûler des cadres de la Boule. J'avais hérité d'un cadeau empoisonné...

Je commençai par m'offrir une balade à pied. Histoire de me détendre — j'en avais besoin — et de connaître un peu mieux le Nouvel-Auber que je n'avais même pas eu le temps de visiter jusqu'à présent. Le système de climatisation épargnait aux promeneurs les rigueurs de l'hiver, la bulle protectrice laissait filtrer quelques timides rayons solaires, on se serait cru au printemps ; même l'air était plus respirable que dans les autres quartiers de la capitale : les pompes anti-pol rejetaient vers la grande banlieue nord les effluves crachés par les rares usines tournant encore dans les environs. Tout cet appareillage semblait désormais bien au point après avoir été modifié trois fois depuis sa mise en service. L'an dernier, les femmes de résidents avaient protesté par une pétition massive : les parois de la bulle filtraient les rayons bronzants mais en laissaient passer d'autres néfastes pour la peau. Les réparations avaient coûté la bagatelle de dix-huit milliards d'eurécus, dont 3 % avaient alimenté le budget humanitaire, pour respecter la loi sur les dépenses collectives de luxe et de prestige. Une bonne affaire pour tout le monde. A l'époque, tout le personnel de la Boule avait touché une prime. L'histoire avait suscité quelques commentaires ironiques des journalistes.

Les urbanistes et les architectes avaient manqué d'imagination : les rues étaient rectilignes, monotones. Quelques grosses cylindrées conduites par des chauffeurs de maître glissaient silencieusement ou attendaient devant les magasins, les salons de thé et les restaurants. Je croisais surtout des femmes. De tous âges. Je pensais à Véronique qui rêvait de s'installer ici. Elle s'y serait peut-être rapidement emmerdée comme toutes ces mémés aux airs durs et blasés. Mes pas m'amenèrent au centre commercial principal construit en verre dépoli sur huit niveaux. Les galeries confluaient sur un espace circulaire occupé par des fontaines où se baignaient des nymphes-hologrammes nues. Personne ne prêtait la moindre attention à ce décor kitsch. Je fis demi-tour, vaguement déçu. Tout ça n'avait pas grand intérêt, mais mieux valait quand même vivre ici que dans les tours déclassées du Front de Seine...

A la sortie, je fus abordé par un groupe de jeunes. L'un d'eux brandissait un mégaphone.

— Si vous voulez que votre argent aille directement aux pauvres, c'est à nous qu'il faut le donner ! braillait-il. Les trusts humanitaires ont trahi ceux qui les avaient créés. Soutenez les Nouveaux-Chrétiens !

J'avais vaguement entendu parler de ce groupuscule, mais n'aurais pas imaginé qu'il puisse recruter des adeptes en pareil endroit. Je repoussai le tronc qu'un adolescent tendait dans ma direction. Fermement, mais sans agressivité. Puis m'éloignai de cette bande d'excités : s'ils remarquaient le badge de la Compagnie épinglé sur le revers de mon Saint-Martin, ça risquait de faire du vilain et le moindre incident servirait de prétexte à Dorval et Letournier pour nous virer du secteur.

Je n'avais pas parcouru cinquante mètres que les bleus débarquèrent. Les Nouveaux-Chrétiens détalèrent. Leur cavalcade résonna sur le sol de verre

Les miliciens réussirent à en coincer quelques-uns qu'ils jetèrent sans ménagement dans un fourgon.

Un des bleus, revenu bredouille, s'arrêta à ma hauteur pour soulever sa casquette et s'éponger le front.

— Les petits cons ! Vous avez vu ça, monsieur ? Ça fait trois fois qu'on les vide du centre. Des fils à papa pourris, ça les amuse de foutre la merde ! Ils mériteraient qu'on les envoie pour de bon de l'autre côté de la bulle ou qu'on leur foute notre matraque électrique dans le cul. Mais on les relâche tout de suite : les parents sont pleins aux as. L'autre jour, les Libs leur ont foutu une raclée...

Je hochai poliment la tête sans m'engager. Le milicien m'adressa un clin d'œil et partit rejoindre ses collègues. Je pris la direction de l'agence de voyages.

Schumacher s'attendait à ma visite.

— Les nouvelles sont excellentes, monsieur Cesbran, une trentaine de clients sont déjà prêts à signer un contrat. Votre projet a beaucoup de succès. Vous voyez que nous n'avons pas perdu de temps...

Sans compter celui que ce faux-jeton avait consacré à informer les bleus. Il était pourtant plus habile de lui laisser croire que j'ignorais son double jeu. Je lui souris aimablement.

— Je suis certain que cette collaboration sera fructueuse pour votre agence comme pour notre compagnie. Puis-je jeter un coup d'œil sur cette liste de clients...

Schumacher appela son grouillot qui me remit un listing et deux exemplaires signés du contrat que nous lui avions préparé. Je le remerciai et quittai l'agence.

Je choisis au hasard le septième client de la liste. Selon les astrologues de la télé, le sept était le chiffre du mois — je ne prenais pas trop au sérieux les prévisions qu'ils nous débitaient chaque jour au journal de vingt heures, mais j'en tenais tout de même plus ou moins compte, comme beaucoup de gens. Véronique, elle, y croyait dur comme fer.

Curieuse coïncidence, ce septième client émargeait chez Dorval Electronic, comme chef de service. Son patron lui avait-il suggéré de faire appel à nos services pour nous surveiller? Louis Mallory, c'était son nom, ne tarderait pas à rentrer, m'apprit sa femme. Elle m'invita à m'installer dans le salon. La bonne poussa jusqu'à nous un mini-bar à roulettes.

— J'espère que ces animations vont nous changer les idées, déclara Mme Mallory, car vous ne pouvez pas vous imaginer comme on s'ennuie ici...

Elle avait effectivement la tête d'une femme qui s'emmerde. Tandis qu'elle jacassait, j'examinai discrètement l'appartement. Murs et canapés tendus de lin blanc, meubles d'altuglass, panoplie rutilante de gadgets sono-vidéo. Cet intérieur puait le fric et manquait d'âme, mais il aurait séduit Véronique.

— Serons-nous obligés de loger ces animateurs? demanda la mère Mallory.

— En aucune façon. La Compagnie prend leur hébergement en charge, précisai-je.

Elle parut soulagée.

Le fils rentra avant le père. Un môme de seize ou dix-sept ans. Une gravure de mode.

— Maman, annonça-t-il. Il y a encore eu une bagarre au centre commercial. Les Nouveaux-Chrétiens en ont pris plein la gueule...

La mère secoua la tête.

— Je n'aime pas que tu t'exprimes de cette façon, Jean-Patrick. Et tu vas choquer monsieur, qui est un représentant de la Compagnie du Christ...

— Pas du tout, assurai-je.

Le gamin renifla avec un air méprisant.

— La Compagnie du Christ, vous étiez les leaders, mais vous êtes en perte de vitesse... L'Institut et les Salutistes vous ont piqué une part du marché. Notre prof nous l'a dit en cours d'éco appliquée.

— C'est un raccourci un peu rapide, dis-je. Nos concurrents pourraient avoir des surprises dans un proche avenir.

— Bof, les Libs passeront aux prochaines élections.

Ce gosse paraissait décidé à me provoquer. L'arrivée du père me tira d'embarras. Il m'entraîna dans son bureau. C'était un petit pète-sec. L'air pas commode. Il sortit son chéquier, remplit un chèque, me le tendit.

— Je tiens à vous préciser pendant que nous sommes en tête-à-tête, monsieur Cesbran, que je n'ai accepté de participer à votre opération que pour faire plaisir à ma famille. En ce qui me concerne, je trouve ces soirées de mauvais goût. Me suis-je fait clairement comprendre ?

Peu m'importaient ses motivations et ses troubles

de conscience. Il payait, c'était l'essentiel. Je ne pouvais pas me permettre d'échouer : Deschiens ne me donnerait pas une seconde chance. Néanmoins je le gratifiai d'un sourire aimable.

— Je comprends parfaitement vos réserves. Mais songez avant tout à la finalité de cette opération : les bénéfices nous permettront de secourir davantage de déclassés.

Il me fixa dans les yeux, avec une expression narquoise.

— N'en rajoutez pas, voulez-vous ? Je sais parfaitement que vous êtes à la recherche de nouveaux créneaux pour contrer vos concurrents... Moi, je n'investirais pas mes économies dans des actions de la Compagnie.

— Vous avez tort, monsieur Mallory.

Il se leva pour me signifier que l'entretien était terminé.

— Nous attendons votre animateur pour demain soir à vingt et une heures, conclut-il. Après le dîner. Il pourra prendre le café avec nous.

Ce fut la bonne qui me raccompagna.

Les rues s'étaient vidées. La nuit tombait, mais les lampes halogènes disposées à intervalles réguliers ne laissaient pas la moindre zone d'ombre. Sans doute pour permettre aux bleus installés devant leurs écrans de poursuivre leur surveillance méthodique. Une sorte de léger crépitement me surprit et me fit lever la tête : la pluie frappait la bulle protectrice. Ainsi ce micro-univers était rigoureusement protégé de toute agression, si minime fût-elle. Au point que ses habitants avaient besoin de se repaître des émotions des autres. Cette constatation me laissa songeur. Je contemplai un instant le sigle lumineux de la Dorval Electronic qui brillait à l'extrémité de l'avenue déserte, puis pris le chemin de l'hôtel.

7

La sonnerie cristalline du téléphone me tira du sommeil. J'eus la surprise de m'éveiller dans une chambre aux murs et aux meubles blancs. Cette couleur était à la mode dans les quartiers riches : les gens recherchaient la pureté, prétendait un sociologue, pour oublier la crasse qui s'étalait à quelques centaines de mètres d'eux, derrière les parois de la bulle.

— Il est sept heures trente, monsieur Cesbran. Vous avez demandé à être prévenu...

Je grommelai un vague merci, raccrochai et m'étirai. Puis marchai jusqu'à la baie vitrée, manœuvrai le store. La vue était très limitée. Ma chambre donnait sur une cour intérieure. La Compagnie m'avait logé dans un établissement de seconde catégorie utilisé principalement par des V.R.P. en déplacement. Non par souci d'économie, mais parce que les palaces du secteur avaient refusé de recevoir nos animateurs. Tous s'étaient trouvés complets, comme par hasard. Probablement Dorval et Letournier leur avaient-ils discrètement donné une consigne de boycott. Le gérant de l'hôtel dans lequel je me trouvais n'avait pas pu se défiler : des pontes de la Compagnie possédaient une part de son capital.

J'aurais pu rentrer chez moi, mais j'avais éprouvé le désir de me retrouver seul et d'éviter les questions de Véronique. Ce matin, je ne sais trop pourquoi, j'avais déjà l'impression d'en avoir assez du Nouvel-Auber, avant même que l'opération ait débuté. Je descendis prendre mon déjeuner dans la salle de restaurant, sans profiter de l'occasion qui m'était offerte de me faire servir au lit. Ça ne m'était jamais arrivé, mais ça ne me tentait pas.

Une demi-douzaine d'hommes seuls déjeunaient en silence. La plupart ne portaient pas de badges humanitaires. Ça n'aurait pas facilité leurs affaires ici. J'en remarquai même un qui avait fixé sur son veston un disque blanc et rouge portant le slogan des Libs : « Je pense à moi ! » J'évitai de me placer à proximité de lui. Inutile de provoquer un incident.

— Il me semble que nous nous sommes déjà rencontrés, monsieur.

Je me retournai et dévisageai le personnage qui m'interpellait ainsi. Il pointait sur moi son croissant dégoulinant de café.

— Mais vous ne portiez pas un Saint-Martin comme aujourd'hui...

Décidément, ce blouson était trop voyant.

— Vous êtes très observateur, monsieur, mais je ne me souviens absolument pas...

— Voyons, vous n'étiez pas devant la Boule quand la télé a filmé les camions de conserves ?

Du coup, je le remis. C'était le journaliste, ou le prétendu journaliste, qui s'était fait maltraiter par les gros bras de la Compagnie. A la réflexion, ce devait être un véritable journaliste, même s'il ne payait pas de mine : sa carte de presse lui donnait accès au Nouvel-Auber. Difficile d'expliquer autrement sa présence.

A mon expression, il comprit que je l'avais reconnu. Il se leva et, sans me demander mon avis, vint s'asseoir en face de moi.

— Vous travaillez pour la Compagnie, n'est-ce pas ?

J'écartai les mains, dissimulant le mécontentement que me causait son sans-gêne.

— On ne peut rien vous cacher. Et vous ?

— Oh, je suis en free-lance. Mais j'ai sorti quelques coups... Vous avez entendu parler de l'affaire du Cancerkiller ?

Je connaissais plus ou moins cette histoire, comme tout le monde. Les labos Sanogil avaient été condamnés pour pub mensongère voici deux ans, à la suite d'un procès retentissant : toutes leurs statistiques sur les guérisons obtenues par leur médicament miracle étaient fausses. Le type remonta un peu dans mon estime, en même temps qu'il m'inquiéta. Que fabriquait-il par ici ?

Il fouilla dans sa poche et déposa une carte de visite sur la table. Je la pris et lus :

Pierre DUBOST
Journaliste

— Au fait, monsieur Dubost, pourquoi avez-vous piqué cette boîte de conserve ?

Il éclata de rire.

— Ma foi, j'ai piqué une boîte de conserve ?

— Ne faites pas l'idiot. J'aurais pu vous dénoncer...

— Et vous ne l'avez pas fait ? Quelle grandeur d'âme !

— Je vous ai plus ou moins pris pour un pauvre qui se servait tout seul sans attendre la distribution.

Il baissa les yeux sur son veston douteux.

— J'en ai le look, n'est-ce pas ? Après mon scoop sur le Cancerkiller, j'ai eu des moments difficiles. Sanogil a essayé de me casser les reins. Ils n'ont pas réussi à me faire sucrer ma carte de presse, mais je suis obligé de piger pour des petits supports, sous des pseudos. C'est pourquoi j'ai intérêt à sortir un gros truc. Avec un dossier solide, je vendrai mon enquête à un grand média, au prix fort. Ils me le prendront. C'est une question de concurrence...

— Vous n'avez pas répondu à ma question, remarquai-je.

En même temps, je me demandai s'il n'avait pas pris la Compagnie dans son collimateur.

Nouvel éclat de rire.

— Peut-être étais-je affamé... (Puis, comme s'il avait deviné ce qui me tarabustait, il ajouta :) Rassurez-vous, ce n'est pas votre opération d'animation qui m'intéresse...

Je sursautai.

— Parce que vous aussi, vous êtes au courant ?

— Ne soyez pas naïf, monsieur Cesbran, les informations circulent vite dans notre petit milieu. « Des pauvres embauchés pour distraire les oisifs du Nouvel-Auber », ça pourrait faire un bon papier, mais on a déjà écrit beaucoup de choses là-dessus, ça ne serait pas vraiment original.

Ce type connaissait jusqu'à mon nom. J'avais affaire à un véritable fouille-merde professionnel.

— Rassurez-vous, répéta-t-il, je n'en ai pas après la Compagnie du Christ. Je cherche des informations sur Dorval Electronic. Vous n'auriez pas un tuyau, par hasard? Je me suis laissé dire que le neveu Dorval en personne vous avait reçu.

— Dans votre genre, vous êtes fort! avouai-je. Mais je suis absolument désolé, Dorval ne m'a pas parlé de ses affaires. C'était une vague tentative pour me décourager, ou m'acheter. Je crois qu'il ne porte pas la Compagnie dans son cœur...

L'intérêt faisait pétiller les petits yeux chafouins de ce Dubost. J'en avais un peu trop dit. Je demeurai silencieux et, de son côté, il marqua une pause pour mâchouiller son croissant et avaler sa tasse de café. Puis il s'essuya les lèvres et me fixa dans les yeux.

— Dorval a des problèmes. Son groupe ne tourne pas aussi bien que ça. Il a été obligé de faire appel à des investisseurs. Je ne sais pas ce que ça cache.

— Désolé, je ne peux vous être d'aucun secours. L'économie, ça n'est pas mon secteur. Et, sans indiscrétion, vous faites ça pour la gloire, par idéal? Votre succès ne vous a pas rapporté grand-chose...

Il se leva, brossa les miettes de croissant sur sa veste.

— Si je le savais moi-même... Bonne journée, et amusez-vous bien avec vos animateurs !

J'allais lui répondre que ça n'était pas une partie de plaisir, que je jouais moi aussi ma carrière, mais il avait déjà tourné les talons. Je le regardai s'éloigner vers la sortie. S'attaquer à Dorval, il ne craignait vraiment rien ! Sacré bonhomme. Un de ces prochains jours, il se retrouverait à casser des cailloux dans le désert des Agriates.

Je terminai tranquillement mon déjeuner, passai un coup de fil à Véronique, qui m'obligea à lui décrire l'hôtel et le centre commercial en long et en large, puis allai attendre mes animateurs au point de contrôle où je devais les prendre en charge.

J'en avais convoqué trois, Hélène Michaut, un petit malingre dénommé Georgy, et celui que j'avais baptisé « Gueule tordue » — le quatrième m'avait paru trop nul. Je leur avais fixé rendez-vous à dix heures au point de contrôle du secteur A. J'avais deux minutes de retard. Ils m'attendaient adossés à la paroi de la bulle, qui est renforcée et opaque jusqu'à une hauteur de quatre mètres. Ils affichaient des airs blasés. Coiffée, maquillée, la fille était méconnaissable. Son ample blouson de phoque dissimulait sa maigreur, ses bottes la grandissaient.

— Ça ne va pas, dis-je immédiatement.

— Ah oui, vous êtes l'arbitre des élégances ?

— Des élégances, non. Mais de la tenue qui

convient pour ce travail, oui, répliquai-je. La Compagnie ne vous a pas alloué une avance pour jouer les mannequins. Qu'est-ce qui vous a pris d'acheter un Saint-Martin ?

— J'ai fait comme vous : je l'ai eu au troc.

Les deux autres assistaient à cette passe d'armes sans broncher. Probablement craignaient-ils de me braquer. Ils avaient choisi des vêtements beaucoup plus simples. Cette nana avait des rêves de grandeur. Pas question de la présenter aux Mallory avec ça sur le dos.

— Eh bien, sachez, monsieur Cesbran, que ce n'est pas ma tenue de travail. Je me changerai avant les séances d'animation. Mon contrat ne prévoit pas que je m'habille selon vos vœux.

— Non, mais la clause six précise que vous devez éviter tout incident, tout comportement susceptible de causer préjudice à la Compagnie. Se promener habillée ainsi dans le Nouvel-Auber risque de choquer les résidents. Que vous le vouliez ou non, c'est ainsi. Quant à moi, je n'ai pas de comptes à vous rendre. Nous pouvons encore annuler l'opération ou faire venir d'autres animateurs. Est-ce suffisamment clair ?

En fait, je m'étais engagé pour le soir même et un report aurait fait très mauvais effet, mais Hélène Michaut ne pouvait pas le savoir. Son expression se transforma, d'un seul coup.

— Je suis absolument navrée de cet incident, monsieur Cesbran. Dès que nous serons à l'hôtel je me changerai.

J'éprouvai une vague gêne : elle avait apporté

beaucoup de soin à sa mise, j'avais gâché son plaisir. Je songeai à Véronique. J'avais été un peu sec. Nous étions appelés à collaborer un certain temps, il fallait éviter les conflits.

— N'en parlons plus, dis-je en souriant. Vous ne pouviez pas le deviner. J'aurais dû évoquer ce problème avant. Ce n'est pas une question de principe : les résidents du secteur A sont bourrés de préjugés, nous sommes obligés d'en tenir compte. A part ça, pas de problème ?

— Les vigiles nous ont fait déshabiller pour nous fouiller, raconta Georgy. J'en ai rien à branler, je suis habitué...

Ces brimades ne me surprenaient pas.

— Vous voyez, dis-je, il y a ici des gens qui ont décidé de nous emmerder. C'est pour ça qu'il faut éviter toute provocation.

Je les fis monter dans ma bagnole et leur proposai une visite rapide du secteur, pour leur permettre de se détendre. L'annonce de cette virée parut les laisser indifférents. Néanmoins, la fille que j'avais fait monter devant jetait des regards curieux de tous les côtés, comme si elle avait voulu ne rien laisser échapper. Son regard trahissait une sorte d'avidité. Nous commençâmes par le centre commercial de verre, où les affiches des Nouveaux-Chrétiens avaient été recouvertes par celles des Libs : un simple dessin représentant un malheureux pékin entouré de vampires décidés à lui sucer le sang jusqu'à la moelle. Ces vampires portaient des maillots où étaient inscrits les sigles des principales entreprises humanitaires, dont celui de la Compagnie.

— Pauvres connards! murmurai-je entre mes dents.

Nous longeâmes ensuite un quartier que je découvrais moi-même pour la première fois : la villa Dali, le quartier des artistes. De petites constructions sur deux ou trois niveaux avec de grandes verrières, des jardins bien aménagés, des arbustes, des fleurs et des statues partout. On ne pouvait pas y pénétrer en bagnole. La fille me demanda de m'arrêter pour jeter un œil. Chaque pavillon portait le nom de son mécène. Il y en avait beaucoup aux noms des différents membres de la famille Dorval. Je rigolai en en découvrant un construit par Sanogil. Un bas relief placé sur le fronton de la baraque représentait une variante de Saint-Georges terrassant le dragon, dans le style néo-pompier. Sur le socle, on avait gratté le nom du médicament, mais il était encore bien lisible : Cancerkiller.

— Qu'est-ce qui vous fait marrer? demanda Hélène Michaut.

Je lui racontai l'histoire du procès pour pub mensongère, sans faire allusion au journaliste qui avait soulevé l'affaire. L'apparition d'un barbu en combinaison à carreaux rouge et vert interrompit la discussion. L'artiste occupant les lieux n'appréciait pas notre présence sous ses fenêtres, elle perturbait sa créativité; aussi menaçait-il de faire appel aux bleus. Nous nous éclipsâmes avant qu'il n'en vienne à cette extrémité.

— Ils ont la planque, les artistes, remarqua Hélène.

— Pas tant que ça : ils sont sous contrat renouvelable avec leurs mécènes. J'en connais certains qui ont échoué en zone déclassée.

— Ça n'est pas grave : votre Compagnie est là pour assister ces malheureux, ricana-t-elle.

Sa phase de soumission avait été de courte durée. En dépit de sa volonté de se faire accepter, elle avait du mal à dissimuler son caractère agressif.

— Non, mademoiselle, dis-je, nous ne faisons pas les artistes. C'est un créneau trop pointu. Nous le laissons à des spécialistes.

Les deux autres demeuraient silencieux. Restait à espérer qu'ils retrouveraient leur langue pour les séances d'animation. J'en avais ma claque de les balader. Je les conduisis à l'hôtel.

— C'est moins bien que les machines qu'on montre à la télé, remarqua Gueule tordue.

Il ouvrait la bouche pour la première fois, et c'était pour critiquer. Fallait le faire. Et je crois bien qu'il venait d'une zone particulièrement pourrie où des équipes de mômes fouillaient dans des montagnes de détritus pour trouver quelques objets à vendre à des entreprises de récupération. A se demander comment il avait pu regarder la télé ! Si je n'avais pas eu le couteau sous la gorge, je crois que je l'aurais renvoyé aussi sec. Je me contentai pourtant de hausser les épaules.

— Vous pouvez prendre une douche, vous changer. Vous me retrouverez au restaurant dans une heure. Nous ferons le point. Evitez de vous promener dans les couloirs. Vous avez des télés dans vos chambres.

Le réceptionniste nous remit nos clefs. Sans réussir à dissimuler complètement sa curiosité. Il reluqua discrètement la fille, mais conserva un sourire affable. Pourtant, j'ai l'ouïe fine, et comme nous lui tournions le dos, je l'entendis murmurer à son collègue : « Ils sont bidon, leurs pauvres. »

Une barre douloureuse se forma dans mon estomac. Je me maîtrisai, accompagnai mes trois animateurs jusqu'à l'ascenseur. Quand les portes de la cabine se furent refermées sur eux, je fis demi-tour et vins m'appuyer sur le comptoir de la réception. Je saisis l'employé par le col de sa veste :

— Ecoutez-moi, mon vieux. Vous savez lire ? Le badge que vous voyez là, sur mon blouson, c'est celui de la Compagnie du Christ. Au cas où vous ne le sauriez pas, je vous signale que des administrateurs de la Compagnie détiennent à titre privé 51 % du capital de la boîte qui vous emploie. Autrement dit : répétez encore une fois une connerie comme celle que vous venez de sortir, et vous vous retrouvez sur le carreau. Et vous ne serez pas bidon, comme pauvre, je vous le garantis ! Si le moindre ragot sur mes collaborateurs circule dans le secteur, je vous jure que vous êtes sacqué !

Le type blêmit.

— Je vous prie de bien vouloir m'excuser, monsieur Cesbran. Je la bouclerai, et mon collègue aussi. Mais il faut nous comprendre : on s'attendait pas à voir une nana comme ça...

— C'est mon problème, pas le vôtre. Et sachez,

pour votre gouverne, que mes collaborateurs sont de véritables déclassés. La Compagnie n'a pas pour habitude de truander sur la marchandise.

— Très bien, monsieur Cesbran, je tiendrai compte de vos remarques. Vous n'avez rien à craindre.

A ce train-là, il allait bientôt me cirer les pompes.

— Ça va, coupai-je, inutile d'en rajouter. Tout ce que je vous demande, c'est la discrétion. Si vous faites du tort à la Compagnie, c'est à vos propres intérêts que vous nuisez...

Pour faire bonne mesure, je lui glissai un billet de cinquante eurécus — ça passerait en note de frais. Son sourire se fendit jusqu'aux oreilles. J'avais plus ou moins sauvé la situation, mais l'alerte avait été chaude. Si le bruit se répandait que nous employions des comédiens déguisés en pauvres ou quelque chose dans ce genre-là, tout était à l'eau. Les patrons de la Boule seraient la risée de leurs concurrents et moi, au mieux, bon pour retourner faire du chiffre dans les zones déclassées.

Dans l'ascenseur que je partageais avec deux types, un gros et un maigre, dont les mines fatiguées laissaient penser qu'ils n'avaient pas fait de bonnes affaires, je réussis à retrouver mon calme.

— Vous êtes dans le commerce vous aussi ? questionna le gros après m'avoir inspecté sur toutes les coutures.

— Si l'on veut, dis-je.

— En ce moment, ils sont durs, j'ai fait 35 % de moins que l'an dernier, pleurnicha le maigre.

Je fus fort heureusement débarrassé de leur

compagnie au vingtième étage. Je parcourus le couloir à grandes enjambées, j'avais hâte de me retrouver seul dans ma chambre, à l'abri des emmerdeurs.

La porte était entrouverte. Je crus d'abord avoir fait preuve de distraction en quittant l'hôtel le matin, pourtant il ne s'agissait pas de la porte de ma chambre mais de celle de la pièce voisine. Instinctivement, j'y jetai un œil.

Un homme était allongé à plat ventre sur le sol. J'inspectai rapidement le couloir, puis poussai le battant et me penchai sur le corps immobile.

Une tâche sombre s'étalait sur la moquette autour du crâne fracassé. Le cadavre dégageait une odeur épouvantable.

Dubost ne publierait jamais son scoop et n'irait jamais non plus casser des cailloux dans le désert des Agriates.

8

Je réprimai un haut-le-cœur devant ce macabre spectacle. Puis m'efforçai de rassembler mes idées. Si la police ou les bleus me découvraient ici, mon compte était bon. Il ne fallait pas rester une seconde de plus dans cette chambre. Je reculai jusqu'à la porte, toujours entrouverte. Au moment de sortir, j'entendis des pas dans le couloir. Je n'avais pas le choix : je refermai précipitamment la porte et m'y adossai, le souffle court.

Tout en tendant l'oreille, je parcourus la pièce des yeux. Un micro portable reposait sur la table. Son écran était allumé. Instinctivement je cherchai à lire le texte qui s'y inscrivait, mais je me trouvais trop loin pour y parvenir. Je m'en approchai.

Dubost avait commencé la rédaction d'un article ou de notes destinées à un article :

MANŒUVRES DANS LE NOUVEL-AUBER

Les difficultés financières du consortium dirigé par Bertrand Dorval risquent de favoriser

Sa phrase restait en suspens. Son agresseur avait dû le surprendre à cet instant. L'assassin n'avait pas pris la peine d'éteindre le micro ni d'effacer ce début de phrase, qui pouvait donner, en dépit de son caractère laconique, une indication sur l'identité de ceux qui avaient jugé utile de se débarrasser de ce fouille-merde.

Une autre idée germa dans mon cerveau. Le meurtrier avait au contraire laissé ce texte bien en vue pour diriger les soupçons sur les patrons du consortium Dorval.

Je pianotai sur le clavier, fis défiler la liste des fichiers. Il y en avait un intitulé « CC » — comme Compagnie du Christ... Contrairement à ce qu'il m'avait raconté, Dubost enquêtait donc sur la Boule ! Après quelques tâtonnements, je réussis à faire venir sur l'écran ce fichier, qui concernait effectivement la Compagnie et commençait par une série de renseignements chiffrés qu'on pouvait trouver dans n'importe quelle revue économique. Ce dossier était beaucoup trop long pour que je puisse le lire dans ces conditions. Il aurait été suicidaire de traîner ici trop longtemps.

Je pris une disquette parmi celles qui s'empilaient sur la table, l'introduisis dans le lecteur et commandai la copie du fichier « CC ». La formation dispensée par la Compagnie m'avait accoutumé à ce type de manipulation sur du matériel standard comme celui utilisé par Dubost. Je recopiai aussi plusieurs autres fichiers, dont celui consacré au Consortium

Dorval : « CD ». Le journaliste n'avait apparemment pas jugé utile d'employer des codes.

Je fourrai les disquettes dans ma poche, essuyai le clavier pour effacer mes empreintes digitales, et sortis.

Letournier et deux bleus m'attendaient derrière la porte.

— Situation délicate, monsieur Cesbran, ricana le capitaine de la milice. Que faites-vous dans une chambre qui n'est pas la vôtre ?

— Je me suis trompé...

— Allons, allons... Voulez-vous retourner dans cette pièce avec nous ?

Sans brutalité, mais fermement ils me prirent par le bras et m'entraînèrent dans la chambre. La découverte du cadavre ne provoqua aucune réaction des trois bleus. Ils savaient donc déjà qu'il se trouvait là. Ces salauds m'avaient tendu un piège. L'apparition d'un quatrième type, planqué dans la salle de bains, m'en donna la certitude.

— Qu'est-ce qu'il a fait ? demanda Letournier.

— Il a traficoté sur le micro, répondit ce quatrième personnage.

Il était habillé en civil, sans recherche, et ne portait aucun badge. Sa gueule était aussi fripée que sa veste. J'eus l'intuition d'avoir affaire à un flic. Dans un sens, cette présence de la police officielle me rassurait : je préférais avoir affaire à elle qu'à la milice de Dorval et Cie.

— Commissaire Bergoff, annonça-t-il en me laissant entrevoir sa carte de service.

Au prix d'un terrible effort de volonté, je réussis à lui sourire.

— Je suis heureux que vous ayez pu constater que je ne suis pour rien dans ce meurtre, commissaire, dis-je.

Bergoff posa sur moi un regard éteint.

— Il est fréquent que l'assassin reviennent sur les lieux du crime, c'est bien connu.

Je me forçai à rire, tout en réalisant que mon rire sonnait faux.

— Soyons sérieux : je n'ai pas quitté mes trois animateurs.

— Trois déclassés sortis de leur zone, payés par la Compagnie. Pas terrible comme alibi. Je ne sais pas comment un jury verrait ça, dit Letournier.

Le flic tendit la main vers moi.

— Donnez-moi donc la disquette que vous avez enregistrée, monsieur Cesbran.

Il avait dit LA disquette et non LES disquettes. J'en pris une dans ma poche, au hasard, et la posai sur la table. Bergoff la glissa dans le lecteur et pianota sur le clavier. Il fit défiler le texte très vite, puis s'arrêta sur un paragraphe.

« *Selon toute vraisemblance, ces boîtes de conserve sont fabriquées par de nouveaux esclaves dans une usine clandestine des zones déclassées...* »

Voilà donc pourquoi Dubost avait fauché cette boîte !

Les deux bleus et le commissaire me laissèrent assimiler cette information et parcourir le reste du texte. Letournier poussa même la courtoisie jusqu'à m'offrir une cigarette. Celle du condamné.

— Reconnaissez que ça ferait un mobile magnifique, Cesbran. Si Dubost avait sorti ce truc-là à la veille du vote du budjet humanitaire, ça n'aurait pas arrangé les affaires de la Compagnie.

— Je suis très attaché à mon employeur, dis-je, mais pas au point de lui servir de tueur à gages. Et si j'avais voulu empêcher Dubost de publier ça, j'aurais effacé le fichier au lieu de le recopier sur une disquette.

Bergoff se laissa tomber sur un coin du lit.

— Ça, nous le savons tous les quatre, mais convenez que les apparences sont contre vous.

— L'autopsie déterminera l'heure de la mort. J'ai un alibi pour toute la période qui précède mon entrée dans cette chambre.

Letournier approcha son visage du mien. Son haleine empestait l'alcool.

— Et si le légiste déclare qu'on ne peut pas établir l'instant de la mort à une heure près, vous êtes marron, mon vieux. J'espère pour vous que la Boule a de bons avocats.

— Les meilleurs du marché, répliquai-je en m'écartant.

Il ne fallait surtout pas leur donner l'impression qu'ils se trouvaient en face d'un type aux abois.

— Essayons de discuter sérieusement, dit Letournier. C'est O.K. : vous ne l'avez pas buté, mais nous sommes les seuls à en être sûrs. Alors nous vous suggérons... un arrangement à l'amiable.

Je voyais très bien le marché qu'ils allaient me

proposer : abandonner l'opération et dégager le terrain. La Compagnie serait déconsidérée. Deschiens ne me le pardonnerait pas. D'un autre côté, si la Boule se trouvait mêlée à un scandale, le résultat ne serait pas meilleur. Nos patrons ont pour habitude de virer discrètement les employés qui font parler d'eux de cette façon, avec une aumône dans le meilleur des cas.

— Je vois où vous voulez en venir. Je dirige l'opération sur le terrain, mais je n'en ai pas la maîtrise. Si je laisse tomber, la Direction de la Compagnie enverra quelqu'un d'autre.

Letournier secoua la tête.

— Vous m'avez mal compris. Si nous parvenons à un accord, vous pourrez poursuivre votre opération de merde, du moins provisoirement...

Je ne parvins pas à dissimuler mon étonnement.

— Que voulez-vous ?

Le capitaine des bleus et le commissaire échangèrent un regard entendu. D'un geste le flic invita Letournier à poursuivre.

— Ce crime est le premier qui se produit dans le secteur depuis plus de deux ans. Il va flanquer nos statistiques par terre. Ça ne plaira pas à Bertrand Dorval. La remontée de la criminalité ferait fuir les investisseurs.

— Je ne saisis toujours pas.

— Vous êtes le seul témoin.

— En dehors du tueur, ajouta Bergoff.

Je commençai à comprendre et mon moral remonta un peu : étouffer l'affaire pour préserver l'image de marque du Nouvel-Auber les intéressait davantage que de mouiller la Compagnie.

— Et alors ?

— Ce type est mort. Nous ne pouvons pas le ressusciter.

— La Compagnie du Christ non plus, dis-je en rigolant. Nous n'avons jamais prétendu faire de miracles.

Letournier se frotta pensivement le menton en me fixant.

— Si on retrouvait ce macchab dans un autre endroit que cette chambre d'hôtel, par exemple dans une zone déclassée, ça ne dérangerait personne.

— Vous ne croyez tout de même pas que je vais le transporter !

— Tss, tss. Nous nous chargerons du transport. Tout ce qu'on vous demande, c'est de la boucler.

Bergoff agita la disquette.

— Au cas où vous ne tiendriez pas vos engagements, nous conservons ça. En souvenir. Ça serait tout de même ennuyeux, à la veille du vote du budget, que le bruit se répande que la Compagnie fait travailler des esclaves au noir, alors que Boutingues fait des grands discours contre l'esclavage. Vous ne croyez pas ?

— Votre proposition me paraît raisonnable, dis-je.

Letournier ouvrit grand les bras.

— Vous voyez qu'on peut s'entendre entre gens intelligents.

A vrai dire, ça n'était pas non plus mon intérêt qu'on ramasse Dubost dans un hôtel appartenant à la Compagnie, dans la chambre voisine de la mienne, après que des dizaines de témoins — et peut-être des dizaines de milliers si la scène avait été filmée par la télé — l'aient vu se faire rudoyer par les malabars de la Boule. C'était même un coup à bousiller mon opération.

— Je n'ajouterai qu'une condition supplémentaire.

Les gros yeux injectés de sang du patron des bleus se plissèrent pour me fixer.

— Ne soyez pas trop gourmand, Cesbran. Vous n'êtes pas vraiment en position de force pour négocier. Nous vous faisons déjà une belle fleur.

Cet avertissement ne me dissuada pas de bluffer. Il faut un tempérament de joueur pour occuper un poste de courtier de la Compagnie, tous les psy vous le diront.

— Je veux que vous cessiez de nous harceler, moi et mes animateurs. Sinon, tant pis, on déballe tout et on verra bien ce qui arrivera, qui sera gagnant et perdant.

Letournier parut soudain s'étrangler. Son teint vira au violet.

— On le harcèle, voyez-vous ça ! A peine ses pouilleux ont-ils débarqué qu'un gaillard se fait trucider, mais on le harcèle ! C'est tout de même vous qui l'avez attiré ici, ce bordel de pisse-copie en mal de sensation !

Bergoff se leva et vint me saisir par mon col.

— Il faut que vous sachiez une chose, Cesbran. Ça n'est pas parce qu'on étouffe le coup qu'on ne va pas tout mettre en œuvre pour serrer le type qui a buté Dubost et lui faire sa fête.

Il me lâcha et reprit son souffle.

— Bon, ça va comme ça, dégagez et allez faire le guignol dans vos soirées.

De la main, je leur adressai un petit salut et passai dans ma chambre. Je collai l'oreille contre la paroi, pour essayer d'entendre ce qu'ils pouvaient bien raconter à côté, mais l'hôtel était trop bien insonorisé. J'allai donc m'installer à la fenêtre et observai la cour, vingt étages plus bas. Au bout d'un quart d'heure une fourgonnette vint se ranger dans cette cour. Deux types y chargèrent un long paquet. Exit Dubost. Qui avait bien pu lui faire sauter le caisson ? Cette histoire de nouveaux esclaves employés à fabriquer des boîtes de conserve paraissait accuser la Compagnie, mais il pouvait s'agir d'un montage. Ça semblait gros. Il aurait fallu examiner de près le dossier réuni par Dubost...

Je refermai la fenêtre, me déshabillai et me jetai sous la douche. Sous le jet tiède, je fis le vide, puis une nouvelle hypothèse me traversa l'esprit : les bleus et les flics du Nouvel-Auber avaient très bien pu liquider Dubost eux-mêmes. Ce qui aurait expliqué leur relative modération à mon égard. Ça ne leur aurait sans doute pas déplu de me faire porter le chapeau, mais ils n'ignoraient pas que la Boule m'aurait soutenu, et ils auraient pris le risque d'un retour de bâton. N'importe quel outsider pouvait aussi avoir fait le coup : Dubost fouinait dans toutes les directions. Inutile de me creuser davantage. A la limite, cette affaire risquait de me faciliter la vie : les bleus auraient d'autres chats à fouetter et me laisseraient peut-être en paix.

Parvenu à cette conclusion rassurante, je me frictionnai énergiquement, m'habillai et me concentrai sur la préparation de la soirée organisée chez les Mallory. Sa réussite avait beaucoup plus d'importance que la peau de Dubost, qui au fond n'avait eu que ce qu'il méritait en venant fourrer son vilain nez au mauvais endroit.

9

— Ça vous va, cette fois ?

Rien à dire. Hélène Michaut était absolument impeccable. Cette fille pigeait au quart de tour. Je me contentai pourtant d'incliner la tête, sans la couvrir de compliments. Les compliments pourrissent les pauvres, on nous apprenait ça dans les stages de la Compagnie.

Je la fis monter dans ma voiture. Elle semblait très à l'aise. Moi, j'étais tout de même un peu tendu en débarquant chez les Mallory. Toute la famille nous attendait. La mère fit les présentations, comme si nous étions de très anciennes relations mondaines. Le fils aîné, que je n'avais pas encore rencontré, avait l'air un peu moins débile que l'autre. Il travaillait comme son père dans un bureau d'études du Consortium Dorval. Il y avait aussi un couple d'amis. Lui cadre chez Dorval, elle secrétaire de direction dans la même boîte.

— Vous savez, dit le père, le Nouvel-Auber, c'est un peu Dorvalville...

Hélène Michaut affichait un sourire poli, derrière

lequel je devinais un mépris glacial, mais nos clients n'y voyaient que du feu. Naturellement les femmes l'avaient inspectée des pieds à la tête dès son entrée. Nous avions misé juste.

On commença par quelques banalités, puis chacun questionna l'animatrice et elle se lança. Elle possédait un incontestable talent de conteuse. J'avais une assez bonne expérience des quartiers déclassés, pourtant j'aurais été incapable de dire si elle en rajoutait ou non. Quand elle évoqua le problème de l'approvisionnement, la mère Mallory lui demanda avec à-propos :

— Mais ce soir, au moins, vous avez mangé, mon petit ?

Je m'empressai de la rassurer, néanmoins elle commanda à la bonne de rapporter une grosse part de gâteau de la cuisine. Hélène refusa aimablement, et on lui enveloppa le gâteau dans du papier d'aluminium. Tous ces salamalecs irritaient visiblement Louis Mallory, mais il s'efforçait de faire bonne figure. On aborda ensuite les sujets les plus divers, et naturellement la sexualité. Ces gens imaginaient plus ou moins les zones déclassées comme des lieux de débauche débridée. Mon animatrice sut répondre à leur attente par toutes sortes d'anecdotes, sans jamais tomber dans la vulgarité.

Le fils Mallory, l'aîné, la bouffait des yeux. A la réflexion, elle avait en effet quelque chose d'attirant que je n'avais pas remarqué jusqu'ici. Elle ne faisait rien pour le décourager et lui adressait parfois des sourires qui me semblèrent équivoques. Cette amorce de flirt m'inquiétait : c'était exactement le genre de situation qu'il fallait éviter. Et je ne pouvais bien entendu pas intervenir.

Ce jeu ambigu demeura pourtant discret, personne ne le remarqua, et il ne franchit pas le stade des regards. L'impact de cette première séance dépassa toutes mes espérances : Hélène réussit successivement à les faire rire et à leur tirer une larme. Au moment de se séparer, le plus jeune fils avait perdu son insupportable ricanement et la mère me glissa un chèque supplémentaire : « Prenez, c'est pour votre Compagnie. » Le but initial était de les distraire, mais je crois bien que nous leur avions en définitive donné mauvaise conscience, contrairement aux consignes de Deschiens, et ça risquait de nous poser quelques problèmes. Tous les clients ne prendraient peut-être pas les choses de cette façon.

Au retour, nous demeurâmes tous deux silencieux. Mes pensées étaient confuses. Trop d'événements s'étaient succédé ces deux derniers jours. Après avoir murmuré un vague « bonsoir » dans l'ascenseur, je me dirigeai vers ma chambre. Je m'assis sur mon lit, dans l'obscurité. Quelques minutes s'écoulèrent, puis j'entendis gratter à la porte. Je me levai pour aller ouvrir.

Hélène avait abandonné sa tenue d'animatrice pour une longue casaque brodée transparente qui laissait voir ses pointes de seins. Elle avait apparemment réussi à s'offrir une véritable garde-robe avec le pécule de la Compagnie.

— Je l'ai aussi achetée au troc, dit-elle, comme si elle devinait mes pensées. Ça vous plaît ?

— Ça vous va bien, convins-je.

Il ne faut jamais, comme je l'ai dit, bombarder les pauvres de compliments, mais après tout, à cette heure nous n'étions plus ni l'un ni l'autre en service.

— Je peux entrer ? Je n'ai pas envie de dormir seule.

— Pourquoi pas ?

C'était aussi une situation à éviter, bien qu'aucune clause du contrat ne le précisât explicitement. Sans les épreuves de la journée, je l'aurais probablement jetée sans la moindre hésitation, mais je me sentais seul et ne trouvai pas le courage de lui claquer la porte au nez.

Elle vint s'allonger à côté de moi sur le lit, tout habillée. Nous restâmes un instant ainsi, puis je posai ma main sur sa poitrine et jouai avec son mamelon. Elle prit ma main et l'enleva.

— Juste dormir, dit-elle.

— Comme tu voudras.

Ce n'est que le lendemain matin que je pris conscience d'avoir totalement oublié Véronique, au point de ne pas lui avoir passé un coup de fil depuis plus de vingt-quatre heures.

Hélène me réveilla d'une façon très agréable. Ses caresses trahissaient une certaine expérience. Je la laissai faire un moment, dans un demi-sommeil. Quand je sentis que je n'allais pas résister très longtemps, je la retournai, la pénétrai et jouis presque aussitôt. Je n'étais pas dupe : elle agissait par calcul. Cette fille-là était prête à tout pour échapper à sa zone.

— Il y a une question que je voulais aborder avec toi avant qu'on retrouve tes deux collègues, dis-je ensuite, alors que nous fumions allongés côte à côte.

— Oui ?

— Hier soir, ton attitude à l'égard du fils Mallory.

Elle se redressa sur un coude, me fixa. Son regard était dur.

— Je vais jouer franc-jeu avec toi. Si je peux draguer ce type pour qu'il me sorte de la merde, je ne vais pas laisser passer l'occase. Tu ne ferais pas la même chose à ma place ?

Je tirai sur ma clope, soufflai la fumée par les narines avant de répondre :

— Possible, mais je ne suis pas à ta place. Si tu sabotes mon opération, je te vire, bien que tu sois une excellente animatrice. (Après une brève pause, j'ajoutai :) j'y ai réfléchi hier, tu pourrais gagner du galon chez nous en formant les futurs animateurs si l'affaire se développe.

Ses yeux brillèrent.

— Me prends pas pour une conne : si ton truc marche, la mode ne durera pas plus de six mois. J'ai calculé : il y a 350000 habitants dans le Nouvel-Auber, ça fait à tout casser 70000 familles. Si tu embauches 50 animateurs, et si une famille sur dix organise une soirée, ça fait trois mois de travail...

— On peut continuer dans d'autres secteurs, protestai-je, sans grande conviction car je savais qu'elle avait raison.

— Et ensuite on nous renverra dans notre merde, poursuivit-elle sans tenir compte de mon interruption. Et toi, tu retourneras draguer des pauvres dans les zones déclassées. Et si ta compagnie se casse la gueule, ils te sacqueront. Ils t'utilisent, comme tu m'utilises toi-même...

Cette nénette était beaucoup trop intelligente, bien plus intelligente que Véronique par exemple. Je n'aurais jamais dû l'embaucher. Et j'avais commis l'erreur supplémentaire de laisser s'établir entre nous des relations intimes et malsaines, qui sapaient mon autorité. La gaffe classique qu'un courtier chevronné comme moi aurait dû éviter... Elle m'avait piégé.

Je me levai, enfilai mes vêtements sans répondre, puis me tournai vers elle, toujours vautrée nue sur le lit.

— Ramasse tes fringues et rentre dans ta piaule. Rendez-vous dans une heure pour le réunion de bilan. Et en public, on se dit vous, compris ?

— O.K., monsieur Cesbran, dit-elle avec une apparente docilité.

Je la regardai s'habiller. C'était une fausse maigre, musclée avec des fesses rondes. Pas une sous-alimentée comme l'avaient cru les bourges d'hier soir.

Au moment de franchir la porte, elle s'arrêta, la main sur la poignée.

— Bon, c'est entendu, je joue le jeu. Vous n'aurez pas de galère avec moi jusqu'à la fin du contrat. Je pose mes jalons, c'est tout. Ensuite, chacun pour soi.

Et cette petite salope claqua la porte. Voilà comment elle me remerciait de l'avoir tirée de sa tour pourrie ! De rage je crachai sur le sol. Puis je m'assis sur le lit, me pris la tête entre les mains et demeurai quelques instants prostré.

Le téléphone m'arracha à mes sombres méditations.

C'était Deschiens.

— Vous allez bien, Cesbran? Paraît que notre affaire démarre très fort. Oui, j'ai eu Schumacher au bout du fil hier. Parfait, parfait... Bon, j'aimerais vous voir. Vous êtes libre à déjeuner? Je suis descendu au *Nouveau Crillon,* tout près de chez vous...

Le *Nouveau Crillon* avait une toute autre gueule que notre hôtel pour V.R.P. : des lustres, du marbre, des dorures, des plantes et des fleurs. Et surtout des larbins en habit et perruque, et des couverts en argent. A son habitude le patron du marketing commença par quelques banalités, s'enquit de ma santé, voulut savoir si j'appréciais le Nouvel-Auber.

Je me demandais s'il fallait lui raconter cette histoire de meurtre. Je ne tenais pas à lui livrer trop d'informations, mais il avait probablement ses propres sources et je ne pouvais pas prendre le risque d'être soupçonné de double jeu.

— Le chef de la milice m'a convoqué, rapportai-je.

— Letournier, n'est-ce pas? Joël Letournier. Ce type est un minable crétin qui faisait la circulation comme contractuel dans la police officielle avant de s'en faire vider pour corruption. Il a eu de la chance de rencontrer Dorval... Il est complètement à sa botte.

— Dorval paraît très hostile aux humanitaires. C'est un Lib acharné.

Deschiens se caressa le menton avec un air dubitatif.

— C'est plus compliqué que ça. Ce n'est pas un problème idélogique : le Consortium Dorval détient une partie du capital de l'Institut National de la Charité. Nos concurrents directs. Voilà tout. Mais ils sont en perte de vitesse. Leurs actions ont encore perdu trois points hier...

Le patron parut soudain découvrir ma tenue vestimentaire.

— Dites, mon vieux, vous avez l'air en grande forme. Votre Saint-Martin vous va très bien...

Ce paternalisme m'irritait. Néanmoins j'en pris mon parti et continuai à sourire obséquieusement. Je lui racontai rapidement le première séance d'animation chez les Mallory, en évitant de trop mettre Hélène en valeur. On ne sait jamais. Je ne tenais pas du tout à lui donner envie de la rencontrer. Elle aurait été capable de me doubler.

— Tout ça m'a l'air très bien engagé...

— Il y a une affaire un peu gênante, monsieur Deschiens.

Il prit un air ennuyé.

— Ah oui ?

— Un type s'est fait descendre, dans l'hôtel... Un journaliste nommé Dubost, Pierre Dubost...

Je lui résumai l'affaire, sans évoquer les dossiers enregistrés sur le micro du fouille-merde.

Deschiens pointa son cigare sur moi avec un large sourire.

— Heureux de constater que vous êtes un garçon correct, Cesbran. J'étais au courant de cette affaire. Vous pensez bien que la Compagnie a ses informateurs dans l'hôtel... Je vais vous raconter quelque chose qui va vous faire rigoler. Contrairement à ce que vous croyez sans doute, cette histoire n'est pas unique : la milice et les flics font transporter tous les cadavres des victimes de meurtres à l'extérieur du secteur A pour dégonfler leurs statistiques. C'est systématique. Sauf bien sûr quand ils ne peuvent pas faire autrement, qu'il y a trop de témoins. Beaucoup de gens sont au courant de cette magouille, mais tous la bouclent. J'ai pris des renseignements sur ce Dubost. C'était un sale bonhomme qui ne songeait qu'à remuer la boue. Il était probablement lié clandestinement à un groupe subversif, peut-être même à des terroristes. Il cherchait à déstabiliser les grandes entreprises, celles qui ont réussi. Le monde de la presse et le monde tout court n'ont rien perdu.

Il me dévisagea soudain avec une expression bizarre.

— Mais rassurez-vous, ça n'est pas moi qui l'ai fait flinguer...

— J'en suis certain, monsieur Deschiens, opinai-je en riant.

En réalité, je n'en étais pas du tout certain...

Il se renversa dans son siège, but une gorgée de café.

— Bien, je suis satisfait de constater que cette affaire tourne en dépit de... euh... en dépit de cette sordide histoire qui ne concerne en aucune façon la

Compagnie. J'ai l'intention de vous faire nommer rapidement à un poste correspondant à vos nouvelles responsabilités et de dégager une équipe de collaborateurs pour vous épauler... Jusqu'ici vous étiez courtier mensualisé, n'est-ce pas...

Je jugeai le moment favorable pour présenter ma requête.

— Si je dois résider pendant un certain temps dans le Nouvel-Auber, je souhaiterais faire venir...

— Votre compagne ? Aucun problème. Nous allons lui faire établir une carte. Il serait d'ailleurs préférable que vous quittiez cet hôtel miteux. Schumacher vous trouvera quelque chose. Naturellement la Compagnie prend tous les frais à sa charge...

J'imaginai la joie de Véro quand elle apprendrait la grande nouvelle. Ce qui ne m'empêcha pas de remarquer qu'il avait dit « votre compagne » et non « votre épouse », avant que je ne lui aie donné cette précision. Il avait très certainement potassé mon dossier.

— Je ne sais comment vous remercier.

Il se pencha vers moi, posa sa main sur mon bras.

— Moi je le sais : en continuant à vous défoncer pour la Compagnie, mon vieux.

Clin d'œil amical. Il sortit son stylo.

— Donnez-moi le nom de cette personne pour que je règle cette affaire. Elle n'a pas de casier judiciaire ?

— Pas à ma connaissance.

— Bien, à propos de casier, nous avons pris tous les renseignements nécessaires sur vos animateurs. Pas de problèmes. Ils sont nets. Nous communiquerons tout ça à Letournier pour qu'il cesse de vous casser les couilles.

Deschiens s'exprimait de plus en plus familièrement avec moi. Il me raconta ensuite quelques anecdotes comiques sur les réunions du conseil d'administration de la Boule, puis découvrit qu'il avait un rendez-vous et fila en coup de vent.

Mes affaires avaient l'air d'avancer. Je téléphonai aussitôt à Véro, qui commença par m'engueuler pour ne pas l'avoir appelée plus tôt puis sanglota de joie à l'autre bout du fil. Je tempérai un peu son enthousiasme : elle ne pourrait me rejoindre ici que quand les divers problèmes administratifs seraient réglés. Fort heureusement elle me confirma que son casier judiciaire était blanc comme neige. Après avoir raccroché, je m'inquiétai un peu : que se passerait-il si Hélène racontait à Véro que nous avions passé une nuit ensemble ? Mieux vaudrait faire en sorte que les deux femmes ne se rencontrent pas.

Quand je sortis du *Nouveau Crillon,* il était à peine quinze heures. La séance du soir devait être animée par Gueule tordue dans une famille de commerçants. J'avais donné quartier libre pour l'après-midi à mes trois animateurs. Je passai d'abord chez Schumacher. Il était déjà au courant et s'engagea à me dégotter un appartement dans les deux jours. Ensuite je décidai de faire un saut à la Boule. Le passage du point de contrôle s'effectua sans formalités excessives. Letournier avait probablement donné des consignes à ses sbires pour qu'ils cessent de me harceler.

La nouvelle de ma prochaine nomination s'était déjà répandue dans la Boule. Tornard me félicita chaudement, mais derrière son sourire je compris qu'il l'avait mauvaise de se voir ainsi squeezé. Je devenais pourtant une relation intéressante : personne ne pouvait se permettre de faire la gueule à un collaborateur direct d'Yves Deschiens.

Ravier me congratula avec beaucoup plus de sincérité, même s'il éprouvait sans doute une petite pointe de jalousie bien compréhensible. C'était la seule personne à qui je pouvais entièrement me confier. Je lui racontai en détails les événements de ces derniers jours.

Il se mit à siffloter avec un air pensif.

— D'un côté on dirait que tu as touché le bon numéro, Alain. D'un autre, tout ça ne sent pas très bon... Les conserves, on s'en doutait un peu dans mon service : ils ont trafiqué la compta. Mais c'est la règle du jeu : les Salutistes et l'Institut de la Charité font exactement la même chose.

Je haussai les épaules.

— Si tout le monde le fait, je ne vois pas pourquoi Dubost s'est fait descendre.

— Sois prudent, Alain, ça m'ennuierait qu'il t'arrive un sale truc. Si Deschiens te met en avant, c'est pour lui servir de tête chercheuse, et de fusible. Si ça coince quelque part, il te met tout sur le dos et c'est toi qui sautes.

— Quitte ou double, dis-je. Mais je ne veux pas moisir toute ma vie comme courtier. Au fait, Deschiens affirme que Dorval possède une part du capital de l'Institut. T'es au courant ?

— Vaguement. Mais à mon avis, ça serait plutôt le contraire. D'après ce qu'on raconte, les affaires du Consortium Dorval ne vont pas fort. Ils ont perdu plusieurs marchés ces derniers temps.

Je pris la disquette contenant le fichier « C.D. » dans ma poche, la posai sur la table de travail de Ravier.

— Tu pourrais jeter un œil là-dessus ? C'est plein de chiffres, je n'y comprends pas grand-chose. Toi qui es comptable, tu vas piger au quart de tour. Ça n'a peut-être aucun intérêt, mais on ne sait jamais...

Il rangea la disquette dans un tiroir.

— J'ai énormément de boulot avec les bilans, mais c'est entendu.

Je quittai Ravier après lui avoir fait jurer qu'il ne répéterait pas un mot de notre entretien, puis allai prendre possession de mon nouveau bureau et rencontrer la secrétaire et l'adjoint que m'avait attribués Deschiens. C'étaient des jeunes, qui en voulaient. Nous allions former une bonne équipe. Sans cette histoire de meurtre, j'aurais probablement été le plus heureux des hommes.

Les candidats-animateurs se bousculaient. Je ne pouvais pas recevoir tout le monde moi-même. Je chargeai donc mon adjoint d'effectuer une présélection. Je l'observai au cours des deux premiers entretiens, il avait l'air de bien s'en tirer, et il suivait attentivement mes instructions. Je lui donnai une tape amicale sur l'épaule et repartis pour le Nouvel-Auber. Juste à temps pour assister à la seconde séance d'animation.

10

Gueule tordue s'en tira très bien. Avec un public difficile. Au début, son affaire semblait mal engagée : les clients affichaient des mines narquoises. On leur avait raconté, comme je m'y attendais, que nous faisions venir de faux pauvres. Sur le coup je soupçonnais le réceptionniste de l'hôtel, mais nous apprîmes par la suite que les Salutistes faisaient courir ce ragot pour nous casser la baraque. Quand mon animateur eut raconté dans quelles conditions il s'était fait démolir le portrait, un délicieux frisson d'horreur parcourut l'assistance et je sus que c'était gagné.

— C'est parfait, dis-je en lui offrant une cigarette dans la voiture. Vous êtes un bon. Je dois vous avouer qu'au départ je n'aurais pas parié sur vous, mais vous avez fait un tabac.

— Bof, j'ai compris ce qu'il fallait leur raconter pour qu'ils prennent leur pied. Entre nous, monsieur Cesbran, ma cicatrice, ça ne s'est pas du tout passé comme ça. C'est juste un accident à la con...

— Gardez-le pour vous, conseillai-je en riant de

bon cœur. Si ça s'ébruitait, je serais obligé de vous virer... N'en parlez même pas aux autres animateurs.

Il demeura un instant silencieux. Je rangeai la voiture sur le parking de l'hôtel. Au moment de descendre, il me dit, d'une drôle de voix :

— A propos des autres animateurs, monsieur Cesbran, ça vous intéresse de savoir qu'Hélène Michaut a revu le fils Mallory ?

Je dissimulai ma surprise, le fixai dans la pénombre.

— Pourquoi me racontez-vous ça ?

En réalité, je le savais parfaitement. Les trois premiers animateurs de l'équipe se sentaient en concurrence, et j'avais tout fait pour qu'il en soit ainsi en laissant entendre qu'il y avait des places à prendre pour les meilleurs : il nous faudrait encadrer les nouveaux au fur et à mesure de leur embauche.

— Moi, je joue franco avec vous, monsieur Cesbran. J'espère que vous me revaudrez ça...

— Comment l'avez-vous appris ?

— Je l'ai suivie cet après-midi. Je me doutais qu'elle préparait un truc louche. Ça se sentait...

Je continuai à le dévisager sans manifester les sentiments que m'inspirait son attitude. Un mélange bizarre de satisfaction et de dégoût. J'avais une dent contre Hélène, mais elle m'inspirait davantage de sympathie que Gueule tordue. Et il me fallait aussi me méfier de ce type : il n'était pas seulement lèche-bottes mais malin. Suffisamment pour avoir réussi à piéger Hélène.

— Elle ne vous a pas vu ?

— Négatif.

— Racontez.

— Je crois qu'elle lui a téléphoné à son boulot, chez Dorval. Elle a été le rejoindre à l'heure du déjeuner. Je l'ai vue entrer dans la boîte.

— Comment pouvez-vous être sûr que c'est bien lui qu'elle a rencontré ?

— Qui d'autre ? Pour pénétrer dans la boîte, il faut donner son nom à l'entrée et annoncer qui on vient voir. Le gardien vérifie en appelant la personne en question. Je n'ai pas pu la suivre à l'intérieur. Elle est ressortie une heure et quart après. Je pense qu'il l'a invitée à déjeuner au restaurant d'entreprise.

— Merci, conclus-je sèchement. C'est entendu : je ne vous oublierai pas. Mais je ne veux pas qu'elle sache que vous l'avez suivie. Cessez de la surveiller. Je m'en occuperai moi-même.

Il inclina la tête en clignant de l'œil.

— Entendu, monsieur Cesbran.

Je restai au volant et le regardai pénétrer dans l'hôtel. La servilité de ce bonhomme était trompeuse. Il se vendrait au plus offrant. Comme la plupart des déclassés.

Je verrouillais la portière quand je sentis une présence derrière moi. Je me retournai brusquement.

Un type m'attendait, les mains dans les poches de son imperméable. Je reconnus le sbire de Dorval.

— Ah non ! protestai-je. Qu'est-ce que vous me voulez encore ?

— Le patron veut vous voir.

— Vous avez vu l'heure ?

Haussement d'épaules.

— Il n'en aura pas pour longtemps.

— Si vous le dites... Je suppose que vous allez encore menacer de faire un trou dans mon Saint-Martin.

Ricanement.

— Je n'ai pas de flingue. C'était juste pour rigoler un peu. Vous venez tout de même ?

Il aurait mérité que je lui flanque mon poing sur la gueule, mais je n'avais pas les moyens de m'offrir ce plaisir. Dorval et Letournier n'attendaient probablement que ça. Résigné, je le fis monter à côté de moi.

— C'est un bon job, de bosser pour Dorval ?

Il hocha la tête.

— On fait mieux, mais dans la vie on n'a pas toujours le choix.

Cette boutade le rendit un peu plus humain. Un climat de complicité s'établit entre nous. Après tout, nous n'étions l'un et l'autre que des sous-fifres. La partie se jouait au-dessus de nous, entre Deschiens, Dorval et un certain nombre d'autres pontes que je n'aurais probablement jamais l'occasion de rencontrer.

— Ils se défendent, vos pauvres, d'après ce qu'on raconte, dit-il comme nous plongions dans le parking souterrain de la tour du Consortium Dorval.

Cette remarque pouvait passer pour un compliment.

— Je les ai bien sélectionnés, acquiesçai-je. Et ils ont intérêt à se défoncer s'ils ne veulent pas retouner vite fait dans leur zone.

— C'est un peu la même chose pour tout le monde... Au fait, je m'appelle Malvin.

Sur cette digression philosophique et cette présentation, il m'abandonna devant la porte de son patron. Dorval était en robe de chambre et pantoufles.

— Mon emploi du temps est si chargé que je n'ai pu trouver que ce petit créneau tardif pour vous rencontrer, monsieur Cesbran. Je ne vous retiendrai pas longtemps.

Il me fit asseoir, manœuvra son bar gadget. Cette fois j'acceptai un verre.

— Oui, je tenais à vous dire que j'ai un peu changé d'avis par rapport à votre opération, dont j'ai pu apprécier l'impact psychologique sur un de mes collaborateurs. Voyez-vous, je craignais que ces... séances engendrent le désordre, mais vous avez su vous entourer de gens compétents, qui se tiennent très bien. Ce qui montre que vous possédez des qualités de manager... Vous êtes comme moi un battant.

Je sirotai une gorgée de cognac, fameux! en me demandant ce que pouvait signifier cette avalanche de flatteries. Dorval possédait une voix chaleureuse, qui vous enrobait. On l'aurait juré sincère et on se sentait gêné de lui préter des arrière-pensées.

— Merci, fis-je poliment, sans oser lui dire qu'il en rajoutait.

— D'après les rapports qui me sont parvenus, il semble que cette séance ait contribué à dynamiser Louis Mallory et également son fils aîné, qui, comme vous le savez sans doute, travaille lui aussi chez nous.

Rappeler à nos cadres comment les choses se passent dans les secteurs déclassés et ce qui pourrait leur arriver, à eux et à leurs familles, s'ils ne se montraient plus à la hauteur, pourrait être une excellente thérapie pour vaincre le laisser-aller, la routine, le bureaucratisme dans l'entreprise. Il règne en effet dans le micro-univers du Nouvel-Auber une atmosphère de bien-être et de sécurité qui, par certains côtés, exerce des effets pervers et anti-économiques. Bien entendu il serait imprudent de généraliser à partir d'un exemple unique. Je sais aussi que vos objectifs avaient à l'origine un caractère ludique, néanmoins les résultats sont là... J'ai donc songé que nous pourrions tenter une expérience avec vous : organiser une série de séminaires avec vos animateurs. Ou bien souscrire un abonnement pour permettre à tous les responsables du Consortium de bénéficier de vos soirées à nos frais. Qu'en pensez-vous, monsieur Cesbran ?

J'effectuai un rapide calcul ; ce marché imprévu pouvait représenter une véritable mine d'or ! Mais je ne voulais surtout pas laisser deviner mon enthousiasme au neveu Dorval.

— Nous allons étudier votre proposition, monsieur Dorval, dis-je, sur le ton le plus neutre de ma gamme.

Dorval but une gorgée de cognac et m'adressa un sourire ambigu.

— Je souhaiterais que votre décision ne tarde pas trop. Il est incontestable que votre compagnie a pris une longueur d'avance, mais nous pourrions trouver un autre partenaire. Vous n'ignorez probablement pas que nous avons des liens étroits avec un de vos concurrents, l'Institut de la Charité pour ne pas le nommer.

— Je vais soumettre ce projet à la direction de la Compagnie. Vous devriez avoir une réponse dans les vingt-quatre heures. En ce qui me concerne, monsieur Dorval, je suis très favorable à cette collaboration, mais je ne peux prendre la décision seul...

Cette fois son sourire se fit très chaleureux. Il étreignit ma main entre les deux siennes, comme si nous étions deux vieux copains d'enfance.

— Je suis certain que nous allons faire affaire ensemble, monsieur Cesbran. Je compte sur vos talents de vendeur pour convaincre MM. Boutingues et Deschiens. Bien entendu, si tout se déroule comme je l'espère, vous serez considéré comme un cadre du Consortium, et rémunéré comme tel, pendant toute la durée de ces séminaires...

On en arrivait donc à la fameuse carotte qu'il ne m'avait laissé qu'entrevoir au cours de notre premier entretien. Ça demandait réflexion. Je lui rendis son sourire sans m'engager.

Dans le parking, je retrouvai Malvin, appuyé sur ma voiture comme la première fois.

— Alors, Cesbran, ça a marché avec le patron ?

Il participait lui aussi, semblait-il, à l'offensive de charme.

Le réceptionniste somnolait sur son comptoir. C'était le type que j'avais mouché. Il sortit de sa torpeur pour me saluer obséquieusement et m'apprendre que Ravier avait cherché à me joindre. Puis plus bas :

— Besoin de rien, monsieur Cesbran ? Une fille ? Un garçon ?

— Je croyais que ça ne se faisait pas dans le secteur.

— Voyons, monsieur Cesbran. On les fait venir du secteur déclassé, juste pour la nuit. Pas de séropositifs, vous n'avez rien à craindre... Vous n'êtes pas intéressé ?

— Et les bleus, ils touchent ?

— Je ne peux pas parler de ça, monsieur Cesbran.

Je déclinai ses propositions et me dirigeai vers l'ascenseur. Ce type était probablement un provocateur soudoyé par Letournier voire par Deschiens pour me sonder...

Malgré l'heure tardive, j'éprouvai la plus grande difficulté à trouver le sommeil. Je devrais jouer serré dans les jours à venir si je ne voulais pas me retrouver moi-même dans une zone. Toutes ces interrogations me tourmentaient. Je réussis tout de même à m'endormir sur le coup de deux ou trois heures du matin, mais d'épouvantables cauchemars m'assaillirent dont je ne parvins pas à me souvenir au réveil.

Mon déjeuner avalé, j'appelai la comptabilité de la Boule et demandai Ravier. Qui n'avait pas encore pointé, fait surprenant car il jouissait d'une réputation de ponctualité. Je réussis par contre à toucher Deschiens au *Nouveau Crillon*.

— Pardonnez-moi cet appel matinal, monsieur le directeur...

— Au fait, Cesbran ! Au fait !

Je lui résumai l'offre de Bertrand Dorval.

Sifflement à l'autre bout du fil.

— Je m'attendais plus ou moins à quelque chose dans ce genre-là. Ça dissimule probablement une magouille, mais ça ne fait rien : nous acceptons. Et si Dorval vous propose un pot-de-vin, n'hésitez pas : prenez-le. Vous auriez tort de vous en priver, mais je veux un rapport complet.

Je déglutis assez péniblement avant de répondre :

— Certainement, monsieur le directeur...

Deschiens avait déjà raccroché.

Je tentai à nouveau de joindre Ravier. Toujours absent. Puis je reçus un coup de fil de Véro, qui ne tenait plus en place : elle venait de recevoir sa carte de résidente provisoire du Nouvel-Auber et voulait venir me rejoindre immédiatement.

— J'ai prévenu mon chef : je prends ma journée. Et j'espère bien trouver quelque chose sur place et laisser tomber cette boîte d'assurances...

Je soupirai, mais lui fixai rendez-vous. Véro fut vaguement déçue en découvrant l'appartement que nous proposait Schumacher. Elle imaginait sans doute un palace digne de Dorval. Elle se consola en imaginant de quelle façon elle allait l'aménager. Mon désintérêt manifeste pour ses projets suscita un mouvement d'humeur, puis elle se pendit à mon cou.

— Pardonne-moi, je sais que tu as un travail monstre, c'est grâce à toi que nous sommes dans cet endroit merveilleux.

Le Nouvel-Auber me paraissait chaque jour moins merveilleux que la veille, mais je ne voulais pas gâcher son plaisir.

Elle plaça soudain sa main devant sa bouche.

— Oh ! J'ai oublié de te dire un truc… Je ne sais pas si c'est important. Ton copain Ravier, le comptable, sa femme a téléphoné, il n'est pas rentré chez lui…

— Que veux-tu que j'y fasse ? Je ne suis pas responsable de la vie sexuelle de Ravier.

Je ne voulais pas inquiéter inutilement Véro, mais un sentiment désagréable, proche de l'angoisse, venait de s'éveiller en moi. Ravier n'était pas le type à découcher, ni à arriver en retard au travail sans raison valable. Je rappelai son service, reconnus la voix d'un aide-comptable que je connaissais de vue.

— Ecoutez, monsieur Cesbran, il est difficile d'en parler par téléphone. La police est là : M. Ravier a eu un accident.

11

Deux voitures banalisées reconnaissables à leurs antennes stationnaient devant l'entrée principale de la Boule. Les chauffeurs étaient au volant. Je me précipitai. Un agent de sécurité de la Compagnie me barra l'entrée de la compta. Gros bras, sale gueule, ravi d'exercer son autorité.

— Où allez-vous ? Vous êtes du service ?

— Je suis un collaborateur direct de M. Deschiens, bluffai-je — même cet abruti avait nécessairement entendu parler du patron de la division marketing.

Il se radoucit mais ne s'écarta pas pour autant.

— Désolé, mais j'ai des consignes très strictes.

— Ecoutez, mon vieux, si vous ne vous décidez pas à me laisser passer, je crains que vous ne fassiez prochainement l'objet d'un contrat d'assistance de la Compagnie. Je m'en chargerai personnellement pour qu'on vous permette de bénéficier d'un traitement de faveur...

Le vigile vivait un drame cornélien, des gouttes de sueur perlaient sur son front. Il souleva sa casquette, indécis. A cet instant la porte s'entrouvrit et un personnage rond apparut, la pipe au bec.

— Monsieur veut entrer, il affirme qu'il fait partie de la direction de la Compagnie, mais je ne l'ai pas sur ma liste, gémit le vigile.

— C'est bon, venez par ici, monsieur... ?

— Alain Cesbran, annonçai-je en tendant à l'inconnu une main qu'il serra sans empressement. Je suis effectivement un adjoint d'Yves Deschiens. Et aussi un ami personnel de Gilbert Ravier. Il lui est arrivé quelque chose ?

— Ah, c'est déjà plus intéressant. Donc vous connaissiez bien Ravier ?

Je traversai la compta à sa suite. Il poussa une porte. Un éclair m'éblouit. Un type faisait crépiter son flash. Une forme était allongée sur le sol. Je ne compris qu'ensuite que le flic de l'identité judiciaire photographiait le cadavre de Ravier. On l'avait salement amoché. A première vue, de la même façon que le journaliste Dubost : un projectile de gros calibre lui avait fait éclater le crâne. Je restai hébété à fixer cette bouillie sanglante.

— Ça n'a pas l'air de vous émouvoir, remarqua l'homme à la pipe.

— C'est le second cadavre que je vois en quarante-huit heures, dis-je. Je commence sans doute à m'habituer.

— Tiens donc ! Peut-on savoir où vous avez rencontré le précédent ?

Je venais de commettre une sacrée gaffe. Cette vision m'avait tout de même sonné.

— Je plaisantais, bredouillai-je. Pardonnez-moi, je ne me sens pas très bien.

Le flic parut admettre cette explication, ou du moins ne la contesta pas. Il m'entraîna dans un bureau vide, se présenta comme le commissaire divisionnaire Loudun et entreprit de m'interroger avec une certaine bonhomie. Il était très différent de Bergoff, donnait l'impression de se désintéresser complètement de mes réponses, changeait sans arrêt de sujet sans jamais chercher à me pousser dans mes retranchements.

— On m'a un peu parlé de vous, monsieur Cesbran. Une belle promotion, n'est-ce pas? Ce n'est pas tout le monde qui peut emménager dans le Nouvel-Auber. Moi par exemple...

Il évoqua les malheurs des fonctionnaires, dont je me moquais complètement, puis en revint au meurtre.

— Douze mille employés, douze millle suspects, ça fait beaucoup...

— Vous pouvez en enlever au moins un : moi.

— C'est vrai que vous n'avez pas quitté le Nouvel-Auber. Comme c'est dommage. Et ça n'est pas non plus là-bas que vous avez pu rencontrer ce second cadavre, puisqu'il n'y a jamais de meurtre dans le secteur...

— Vous n'avez plus besoin de moi?

— Attendez... Il n'y a pas eu un incident, avec un journaliste, devant la Boule, le jour du départ des camions de conserves, non?

Je prétendis ne me souvenir de rien et encore une fois il ne tenta pas de me prendre en défaut. Il conclut cet interrogatoire par une tape amicale sur l'épaule.

— C'est tout de même un bien beau métier que vous faites, monsieur Cesbran. Travailler pour la cause humanitaire, secourir son prochain... Je vous envie.

Je résistai à l'envie de lui proposer de se présenter au service du personnel comme candidat au poste de vigile, ce qui aurait eu pour effet de prolonger l'entretien. Il me libéra et je filai rejoindre mes deux subordonnés dans mon nouveau bureau. Ils n'avaient pas perdu leur temps : une première sélection de trente candidats m'attendait. Le bruit s'était répandu que la Compagnie embauchait et les demandes affluaient.

— On ne reçoit plus personne jusqu'à ce que cette première promotion soit opérationnelle, tranchai-je.

Promotion, le terme était séduisant. Je baptisai cette équipe « Promotion Saint-Martin » dans le rapport que je donnai à taper à ma secrétaire. Je lui dictai aussi un contrat pour Dorval. M'investir à fond dans mes nouvelles responsabilités n'était-il pas le meilleur moyen de chasser l'angoisse qui m'envahissait ?

Je pris un repas rapide au restaurant de la Bienfaisance — je ne l'avais pas fait depuis huit jours, et chaque employé de la Boule doit, comme je vous l'ai expliqué, y déjeuner au moins une fois par semaine, pour manifester sa solidarité avec les indigents réduits à cette extrémité. Notre badge nous permet de passer devant la queue qui s'allonge parfois de la Boule à l'ex-place du Châtelet, car les salariés de la Compagnie ne doivent pas gaspiller leur temps. Certains se contentent de pointer sans toucher à la nourriture et vont ensuite se taper la cloche ailleurs.

Les conversations tournaient autour de l'assassinat de Ravier. Toute la Boule était au courant malgré les tentatives pour étouffer l'affaire. Le comptable avait été découvert à sept heures du matin par un employé de l'entretien. On supposait qu'il était resté dans son service tard dans la nuit. Les ragots allaient très fort : mes collègues accusaient pêle-mêle les Salutistes, l'Institut, les Libs, les terroristes.

— Ils veulent nous démolir avec un scandale, juste à la veille du vote du budget, braillait à haute voix un directeur de publicité. S'ils emploient des méthodes pareilles, c'est qu'ils se sentent en position de faiblesse... Qu'est-ce que vous en pensez, Cesbran ?

Chacun voulait connaître mon avis. L'impression de faire partie des gens qui comptent n'était pas désagréable. Je leur servis quelques banalités, qu'ils approuvèrent comme si elles contenaient toute la sagesse humaine, les saluai et repartis pour le Nouvel-Auber.

En remontant le boulevard Sébastopol, pour une fois bien dégagé, je constatai qu'une bagnole verte ne me lâchait pas. Il me semblait l'avoir déjà remarquée à l'aller. Je décidai d'en avoir le cœur net. Je me rangeai sur le parking des Nouvelles Puces, que tout le monde appelle encore la gare de l'Est, bien que plus un train n'y passe.

Une foule compacte circulait entre les stands. Je m'arrêtai devant une table où s'étalaient en vrac des chaussures, des ustensiles de cuisine et des éléments de micro-ordinateur d'un modèle antédiluvien, sous une pancarte maladroitement rédigée au marker affirmant que 2 % du produit des ventes irait au budget humanitaire. Un adolescent boutonneux posa sur moi un regard plein d'espoir. Je marchandai quelques instants avec lui, puis jetai un œil par-dessus mon épaule. Un type grand et maigre affectait de se passionner pour une machine à laver déglinguée deux stands plus loin.

J'avais déjà vu cette tête-là.

Il me sembla d'abord reconnaître un flic, puis je réalisai qu'il s'agissait d'un vigile de la Compagnie. En civil. Sa présence pouvait avoir plusieurs explications : Deschiens me faisait protéger, surveiller, ou les deux à la fois. Peut-être voulait-il m'éviter le sort de Ravier.

— Alors, monsieur, ça vous intéresse ? Vous avez l'air sympa, je vous fais une réduction...

Le môme donnait l'impression de ne pas avoir bouffé depuis un bail, même au restaurant de la Bienfaisance. Je faillis lui glisser un billet, mais le règlement de la Compagnie interdit rigoureusement de pratiquer la charité en dehors des circuits de l'entreprise. Le vigile risquait de rapporter l'anecdote à Deschiens. Sur une inspiration subite, je lui achetai pour un prix exorbitant un circuit imprimé inutilisable qu'il emballa soigneusement dans une poche de plastique comme s'il s'agissait d'un objet de grande valeur. Je payai, glissai le paquet sous mon bras et retournai vers le parking.

Comme je m'y attendais, le vigile m'emboîta le pas.

Toutes sortes de vendeurs aussi, qui croyaient sans doute avoir repéré le pigeon. Je les chassai sans ménagement. Un acte de générosité suffisait pour la journée. Je jetai le sac sur la banquette arrière et démarrai. La bagnole verte apparut bientôt dans mon rétroviseur.

J'aurais pu facilement semer le vigile dans le hall de la gare de l'Est, mais ça n'aurait pas eu d'intérêt. Rien n'indiquait qu'il n'y avait pas un autre suiveur, plus discret, et surtout je n'avais pas grand-chose à cacher, ni à mes employeurs, ni au clan Dorval-Letournier. Sans compter que si ce bonhomme était chargé d'assurer ma protection, il était stupide de l'empêcher de faire son boulot.

Au poste de contrôle, les bleus commençaient à connaître ma tête. Ils me saluèrent presque amicalement, mais vérifièrent néanmoins ma carte et jetèrent un œil dans la voiture.

— Le paquet, qu'est-ce que c'est ?

— Un vieux truc acheté aux puces.

Ils déballèrent le circuit, l'examinèrent avec des mines soupçonneuses.

— Vous comptez en faire quoi ?

— Dites, mon vieux, je vous demande la marque de slip de votre bonne femme ?

La gueule du vigile se durcit.

— Ça fait partie de la liste des objets dont l'introduction est interdite dans le secteur. Vous voulez que je vous montre la note de service...

Cette directive paraissait complètement illégale, mais je n'allais pas engager un procès contre le Consortium Dorval. Je me foutais complètement de cette saloperie de circuit, pourtant j'étais vexé de céder. Ils s'emparèrent de l'objet, me remirent un reçu et m'invitèrent à circuler.

Véro m'attendait dans l'appartement. Elle lui avait déjà fait subir des transformations spectaculaires. Et coûteuses. A ce train-là, j'allais rapidement avoir besoin du salaire supplémentaire de Dorval. Elle avait aussi écumé les boutiques de fringues du centre commercial.

Elle me sauta au cou.

— Je suis si heureuse, Alain.

Elle avait pris des contacts pour changer de job et avait deux emplois en vue, l'un au home du chat, l'autre dans un institut de remise en forme ; deux boîtes qui marchaient très fort.

— C'est très bien, affirmai-je, sans lui révéler le fond de ma pensée, à savoir qu'elle risquait de déchanter car ma situation demeurait précaire.

— Ravier a encore essayé de te joindre, m'apprit-elle après m'avoir raconté tout ça.

— Ça m'étonnerait. Ravier est en ce moment sur la table du médecin légiste...

— Alors, ça doit être sa femme, elle a une voix masculine. Je dois confondre.

Je repoussai le moment d'appeler Elisabeth Ravier. Je ne m'en ressentais guère pour débiter des condoléances. J'incitai Véro à limiter ses prochaines dépenses et rejoignis mes trois animateurs. Ils m'attendaient dans une petite salle de conférences mise à notre disposition par la direction de l'hôtel. Hélène Michaut conserva une attitude distante, mais Gueule tordue me lança quelques regards complices que j'ignorai. Georgy, moins sûr de lui que ses deux collègues, avait préparé le plan de son intervention — c'était à son tour de nous faire la démonstration de ses talents, chez le sous-directeur d'une agence bancaire. Il avait le trac. Je me demandai si je n'avais pas intérêt à le remplacer au pied levé par Hélène ou Gueule tordue. J'y renonçai. Cette troisième animation se solda par un demi-échec. Ce type manquait de punch et sa façon de répondre avec franchise aux questions que lui posait l'assistance confinait à la naïveté.

A l'issue de la séance, je le pris à part, au bar de l'hôtel.

— Je sais, monsieur Cesbran, reconnut-il. Je me suis planté. Je suis désolé... Je vous en prie, donnez-moi une deuxième chance.

— Ça dépend de vous...

— Comment ça?

— Je voudrais savoir si la Compagnie peut vraiment compter sur vous.

Il me jeta un regard d'animal traqué.

— Sans aucun problème.

— Bien. Alors je souhaiterais, quand vous remarquerez quoi que ce soit de bizarre dans le comportement de vos collègues, que vous me fassiez aussitôt un rapport précis.

Son expression se transforma d'un seul coup.

— Je regrette, monsieur Cesbran. Ce n'est pas mon genre.

J'affectai un air ennuyé.

— Dans ce cas, mon vieux, je crois que vous allez être obligé de préparer vos bagages...

Il baissa la tête en se mordant la lèvre inférieure, comme un gosse.

— Que voulez-vous exactement savoir ?

— Tout. Avec qui ils baisent, s'ils reçoivent du fric de résidents du Nouvel-Auber, tout. Comprenez-moi bien, ce n'est pas par vice que je vous demande ça, mais parce que cette opération est capitale. Sa réussite conditionne l'assistance de milliers de personnes des zones déclassées. Songez à votre propre famille.

Georgy parut ébranlé. Ce type était un faible. J'enfonçai le clou. Je posai amicalement ma main sur son avant-bras.

— Vous savez, mon petit, j'ai commencé comme vous. Voici cinq ans, je zonais dans un secteur sans électricité de la banlieue Est. Voyez ce que la Compagnie a fait de moi... Je roule dans une bagnole de fonction et je dispose d'un appart dans le Nouvel-Auber.

Il me fixa dans les yeux et je compris qu'il avait pris sa décision.

— C'est entendu. Vous pouvez compter sur moi.

Je lui tapotai encore le bras.

— Vous ne le regretterez pas. Pour commencer, je voudrais que vous surveilliez Hélène, mais très, très discrètement.

J'accompagnai cette directive de quelques conseils sur la façon de s'y prendre pour la suivre sans se faire repérer. Ce gars ne semblait pas très intelligent et ne possédait certainement pas les qualités d'un bon détective privé, mais je n'en avais pas d'autre à ma disposition, et je sentais confusément que j'avais moins d'embrouilles à redouter de lui que d'Hélène Michaut et de Geule tordue.

Je quittai l'hôtel pour rejoindre Véro dans notre appartement. La voiture verte démarra à ma suite.

12

En papotant avec des voisines, Véro avait découvert certains inconvénients du Nouvel-Auber. Pas question d'introduire des esclaves au noir dans le secteur en raison du système de contrôle et le personnel domestique était hors de prix. Notre immeuble abritait surtout des employés et des cadres subalternes du Consortium Dorval, ce qui représentait une progression notable de notre standing mais ne nous plaçait qu'en bas de l'échelle sociale du Nouvel-Auber. Véro venait d'en prendre conscience et s'en consolait difficilement. Il aurait probablement fallu pour la satisfaire que je fasse expulser Dorval de son duplex géant pour prendre sa place. Fort heureusement elle partit pour sa compagnie d'assurances avant que ma colère n'ait éclaté. Je commençais néanmoins à m'interroger sur l'avenir de notre couple.

Vingt minutes plus tard, je passai mes nerfs sur Gueule tordue qui avait pris une cuite au bar de l'hôtel, la veille au soir — le réceptionniste m'avait averti : vers les trois heures du matin, deux clients, des V.R.P. de passage, l'avaient ramené dans sa chambre, trop ivre pour tenir debout.

— Je suis obligé de vous sanctionner, vis-à-vis de vos deux collègues. Si vous n'aviez pas joué franc-jeu avec moi l'autre jour, je vous aurais tout simplement viré. Vous serez interdit d'animation pendant trois jours.

Il se confondit en remerciements. Je recommençai à le sermonner, pour la forme car j'étais calmé, mais un larbin interrompit mon speech.

— On vous demande au téléphone, monsieur Cesbran.

C'était la veuve Ravier, comme je le redoutais plus ou moins. Je réussis à prononcer quelques paroles aimables.

— Gilbert était un type bien et un bon copain.

— Je voudrais vous rencontrer le plus vite possible, Alain. C'est à propos du dossier que vous avez remis à Gilbert. Mais je préfère ne pas en parler au téléphone...

Je lui promis de faire un saut chez elle. Ma journée promettait d'être chargée.

Sur le parking de l'hôtel, pas de trace de la bagnole verte. Ou mon suiveur m'avait abandonné ou il avait changé de véhicule, à moins qu'il n'ait passé le relais à un autre. Cette dernière hypothèse s'avéra très vite la bonne : il s'agissait cette fois d'un gros break blanc dont je ne parvins pas à distinguer le conducteur. Aucun doute : Deschiens avait chargé toute une équipe de me surveiller. Je ne possédais pas le culot suffisant pour aller lui demander de quoi il retournait. Si ces types agissaient pour le compte de quelqu'un d'autre, le patron du marketing risquait de le prendre très mal. Je ruminai tout ça jusqu'à la Boule.

Les flics continuaient à interroger le personnel. Je croisai le commissaire Loudun dans un couloir. Il me salua d'un bref mouvement de tête. Je montai directement dans le bureau de Tornard.

— Je voulais vous demander un service, Tornard.

Ma nomination me permettait de l'appeler Tornard tout court et non plus M. Tornard. Nous faisions jeu égal sur le papier, mais mes relations avec Deschiens me donnaient l'avantage.

— J'en serais ravi...

— Pourriez-vous me prêter votre voiture de service ? Je vous laisse la mienne. Je vous expliquerai plus tard.

J'empruntai une sortie annexe. Personne ne m'emboîta le pas. Un quart d'heure après je sonnai chez la veuve Ravier.

C'était une femme dans la quarantaine. Ni laide ni belle. Je la connaissais de vue et l'avais eue plusieurs fois au téléphone. Elle ne paraissait pas effondrée, néanmoins la situation était désagréable, je ne souhaitais pas qu'elle se prolongeât. Un ordre méticuleux régnait dans son appartement. Les meubles venaient pour la plupart de la coopérative de la Compagnie qui les avait prélevés sur les stocks destinés à être distribués aux déclassés. Ravier était un de ces types qui économisent sur tout en prévision d'un avenir incertain. Il aurait mieux fait de claquer son fric à tous vents.

— Gilbert avait découvert que M. Deschiens

procédait à des jeux d'écritures pour monter un holding avec des capitaux de la Compagnie, et que ce holding rachetait des actions du groupe Dorval, par petits paquets... Sur le coup, je n'y ai pas fait très attention, ces histoires financières ne m'intéressent pas beaucoup...

— Vous en avez parlé à la police ?

— Non, je ne voulais pas nuire à la Compagnie. Gilbert n'aurait certainement pas voulu qu'on mette ça sur la place publique. Ce n'est peut-être pas illégal. Je n'en sais rien.

— Et pourquoi m'en parlez-vous ?

— Vous êtes un collaborateur de M. Deschiens...

Les motivations de cette femme ne me paraissaient pas très claires. Elle habitait un logement fourni par la Compagnie et pouvait sans doute espérer toucher une pension importante. Peut-être était-elle partagée entre le désir de ne pas mettre cette sécurité matérielle en danger et celui de faire arrêter les assassins de son mari. Elle n'avait rien de plus à m'apprendre. Je prétextai un rendez-vous professionnel pour mettre fin à cette entrevue.

Des embouteillages terribles paralysaient la circulation jusqu'à la sortie de Paris. Une bombe avait encore explosé quelque part. Je mis ce contretemps à profit pour essayer de rassembler mes idées. Si la Boule, par l'intermédiaire d'une société bidon, avait investi dans le Consortium Dorval, elle disposait probablement d'une certaine influence sur le groupe qui contrôlait le Nouvel-Auber. Ce qui pouvait expliquer le changement d'attitude de Dorval à mon égard. La découverte de cet imbroglio financier justifiait-elle l'élimination successive de Dubost et de Ravier ? Ça n'avait rien d'évident, mais j'avais néanmoins intérêt à prendre garde à mes propres os. L'idée de déposer une lettre chez un notaire ou un huissier pour me protéger et disposer éventuellement d'un moyen de pression sur Deschiens me traversa, mais je l'écartai. Mieux valait me tenir à l'écart de cette sombre affaire dont je n'avais rien de bon à attendre. Je n'étais pas de taille à affronter des hommes de l'envergure de Dorval et Deschiens.

Le break blanc m'attendait au point de contrôle du Nouvel-Auber. A mon passage, le chauffeur détourna la tête, mais j'eus le temps de reconnaître un autre vigile de la Compagnie. Ce n'était pas vraiment une surprise. Pourtant cette vision désagréable me conforta dans ma décision de ne pas me mouiller davantage.

Pour me consoler, j'allai m'offrir un déjeuner au *Croquemitaine,* un restaurant installé au vingt-cinquième étage d'une tour. La baie panoramique frôlait la paroi de la bulle que des ouvriers, attachés à des sangles de sécurité et armés de longs balais-brosses et de jets d'eau, s'employaient à nettoyer. Le spectacle de ces hommes qui semblaient évoluer dans le vide me retint quelques instants, puis j'observai la salle. Les résidents du Nouvel-Auber ne m'étaient décidément pas plus sympathiques que les déclassés du Front de Seine. Dans quelques années, si nous réussissions à faire notre trou ici, Véro aurait probablement la même dégaine que ces femmes dures couvertes de bijoux qui bâfraient le petit doigt en l'air. Ça valait-il vraiment la peine de se donner temps de mal pour terminer ainsi ?

J'en étais là de mes réflexions quand un couple vint s'installer à quelques tables de moi.

L'homme était Deschiens, mais je ne reconnus pas immédiatement la femme qui l'accompagnait car elle portait des lunettes noires. Elle arborait un ensemble très sophistiqué de couleur sable. Une fleur verte s'épanouissant sur la poitrine symbolisait la fertilité retrouvée du désert. Une mode marginale que prisaient les Humanitaires tiers-mondistes. S'afficher ainsi revenait à se livrer à une discrète provocation : plus de la moitié des clients avaient choisi le badge des Libs. Les regards se concentrèrent sur elle, mais personne ne fit de réflexion. Quand elle souleva ses lunettes, je reconnus Hélène Michaut.

Je me dissimulai précipitamment derrière un journal, réclamai l'addition dès qu'un garçon passa à ma portée et m'éclipsai en prenant soin de leur tourner le dos jusqu'à la sortie de la salle.

Comment cette petite salope avait-elle réussi à contacter Deschiens ? Et pourquoi ? L'évidence s'imposa : elle voulait me doubler, préférant s'adresser au bon Dieu qu'à ses saints. L'organigramme de la Compagnie s'étalait dans toutes les publications spécialisées, Hélène ne devait pas avoir eu de difficultés à découvrir le nom de mon patron. La presse avait commencé à parler de nos séances d'animation. Peut-être lui avait-il même suffi de téléphoner à la Boule pour apprendre qui les supervisait. Pourtant un mystère subsistait : elle n'avait aucun moyen de savoir que le directeur de la division marketing séjournait dans le Nouvel-Auber ; ni qu'il était descendu au *Crillon*... Se pouvait-il que ce soit au contraire Deschiens qui ait directement contacté ma collaboratrice, me squeezant du même coup ?

Deschiens cherchait-il quelqu'un pour me remplacer au cas où il lui faudrait m'éliminer ? Mais peut-être n'avait-il en vue qu'un coup facile... Après tout, arrangée de cette façon, Hélène était très sexy...

Cette incertitude était insupportable. Je crus que ma tête allait éclater. Je parvins néanmoins à retrouver mon calme. Je pénétrai dans une brasserie, d'où je convoquai Georgy. Il ne chercha pas à nier son échec.

— Elle m'a semé. J'ai bien peur qu'elle m'ait repéré.

— Vous êtes vraiment un bon à rien.

— J'ai tout de même découvert quelque chose. Du moins je crois...

— Accouchez !

Il marqua un temps d'arrêt, en me regardant par en dessous. Il apprenait vite.

— O.K., vous voulez quoi en échange de votre tuyau ?

— Un contrat de six mois.

Jusqu'alors nous ne leur avions signé que des contrats d'essai de quinze jours renouvelables.

— Bien, vous l'aurez.

— Je préférerais l'avoir tout de suite...

— Vous n'avez pas confiance ?

— Bien sûr que si, monsieur Cesbran, mais j'aimerais quand même mieux l'avoir maintenant...

Ce ringard s'imaginait-il qu'un bout de papier lui permettrait de gagner un procès contre la Compagnie ?

— Soyez raisonnable, Georgy, je ne me balade pas avec des formulaires dans les poches. Il faut que je passe à mon bureau.

Il en avait préparé un. Que je lui signai.

— Satisfait ? Je vous écoute.

— Elle trafique des trucs dans sa chambre.

— Quels genres de trucs ?

Il haussa les épaules.

— Des pièces électroniques, quelque chose comme ça. Je n'y connais rien.

— Comment le savez-vous ?

Il devint écarlate.

— J'occupe la chambre d'à côté. Les salles de bains se touchent. J'ai percé un trou...

Je ne pus m'empêcher de rigoler.

— C'est vous qui m'avez donné l'ordre de la surveiller, monsieur Cesbran, rappela-t-il.

— Je ne vous avais tout de même pas demandé de la regarder en train de pisser ou de se laver le cul. Passons. Elle faisait ça dans sa salle de bains ?

— Euh oui, je l'ai vue se laver, bafouilla-t-il.

Je me frappai le front. J'avais vraiment affaire à un demeuré.

— Je ne vous demande pas ça, abruti. Je veux dire : elle bricolait ses pièces dans sa salle de bains ?

— Oui, sinon, je n'aurais pas pu la voir dans sa chambre.

Pourquoi dans la salle de bains, et non dans la chambre où elle aurait pu être plus à l'aise ? Inutile de poser cette question à ce crétin. Explication possible : elle craignait d'être surprise. Si quelqu'un arrivait à l'improviste, il n'aurait pas de raison de se rendre dans la salle de bains.

Georgy me laissa réfléchir, puis précisa :

— Elle faisait aussi couler l'eau. C'est pour ça que j'ai regardé...

Ce crétin avait cru qu'elle s'apprêtait à prendre un bain.

— Et tu as été bien déçu, petit vicelard ?

Ce tutoiement, interdit en principe par la Compagnie à l'égard des pauvres, ne parut pas le gêner. Il n'y vit sans doute qu'un début de complicité.

— Empoche ton contrat, et boucle-la si tu ne veux pas avoir de gros, gros ennuis.

Je le regardai s'éloigner, de sa démarche chaloupée de zonard, puis passai à l'hôtel. Sans chercher à semer le vigile.

Le réceptionniste disputait une partie de jeu vidéo avec son collègue.

— Vous avez un passe ? lui demandai-je.

J'empochai le passe et lui un billet de cent.

Déjeuner au *Croquemitaine* leur prendrait au minimum une heure et demie. Ça me laissait du temps devant moi. Je frappai pourtant à la porte. Pas de réponse.

Le désordre régnait dans la pièce. Des vêtements et sous-vêtements traînaient épars sur le lit. Il y avait aussi une pile de journaux et des livres sur la moquette. J'en ramassai un au hasard. C'était un traité d'un certain Foucault. Je n'avais jamais entendu parler de cet auteur. Ça avait l'air coton.

Bizarre, Hélène n'avait pas a priori la tête à lire ce genre de trucs. Certains articles de journaux avaient été cochés au crayon-feutre. Ils concernaient toutes sortes d'événements. Du pied je poussai les livres dont un manuel d'électronique. Avait-elle l'intention de se faire engager chez Dorval par l'intermédiaire du fils Mallory ?

La penderie contenait une garde-robe relativement impressionnante, mais en effet tout avait été acheté d'occasion. Sur ce plan elle ne m'avait pas bluffé. Je passai dans la salle de bains, remarquai une table basse qui n'aurait pas dû s'y trouver, mais aucun objet électronique susceptible d'avoir été bricolé. Le placard à pharmacie ne recelait que des produits de beauté et un inoffensif sèche-cheveux. Avait-elle tout simplement réparé son appareil et ce crétin avait-il affabulé ? Dans ce cas, pourquoi faire couler l'eau ?

Je m'agenouillai et examinai le sol. Après des recherches minutieuses, je trouvai deux minuscules morceaux de fil de cuivre et une résistance. A priori, ça ne venait pas du sèche-cheveux.

Je fouillai encore tout de fond en comble, méthodiquement, sans rien découvrir de plus intéressant que des culottes et des bas sales, un guide du Nouvel-Auber et une photo où Hélène posait à côté de ses parents, les postiers, du temps de leur splendeur probablement. Je remis tout en place, rapidement, bouclai la chambre. Sur une inspiration, j'allai frapper à la porte de Gueule tordue.

L'animateur était allongé sur son lit, en maillot de

corps. Un gros poste stéréo distillait un tube du groupe Tronçonneuse.

« *Quand je vois tout ce pognon*
partir en fumée,
J'enverrais bien tous ces humanitaires à la con
se faire découper »

Gueule tordue coupa le poste, d'une pichenette.

— Les paroles sont nulles, mais j'aime bien le rythme, dit-il, vaguement gêné.

— Tu peux écouter ce que tu veux dans ta piaule. Je n'en ai rien à branler. Tu as du nouveau sur ta collègue ?

— Vous m'avez pas dit d'arrêter de la surveiller ?

— Ça ne fait rien, tu as peut-être remarqué quelque chose.

Il se redressa, s'appuya sur ses coudes.

— Cette nana, Hélène, elle en veut. J'ai essayé de me la faire, mais les types comme moi ne l'intéressent pas. Et je ne parle pas de ma gueule. (Il fit claquer son pouce contre son index.) C'est le pognon qui la branche. Je crois qu'elle s'est dragué un autre mec du secteur. Plus classe que Mallory.

— Tu le connais ?

— Négatif. Je ne l'ai pas vu. C'est juste une idée comme ça. Pourtant elle n'aime pas les bourges... Hier, elle m'a sorti que les gens du coin ne sont que des ordures.

— C'est un point de vue, dis-je. Tant qu'elle ne le gueule pas sur les toits, on peut faire avec. Mais si elle raconte ça dans les chaumières du secteur, je la sacque. Tu peux le lui dire.

— Elle le sait, monsieur Cesbran.

J'abandonnai Gueule tordue. Dès que la porte fut refermée, Tronçonneuse recommença à brailler. Les patrons de la Boule n'auraient sans doute pas apprécié. Moi, j'estimai que ce type avait besoin de se défouler. Son boulot n'était pas si facile que ça, et il avait intérêt à être en forme pour les prochaines séances.

13

Armé d'une brosse métallique et d'un seau de produit décapant, un employé municipal grattait des affiches des Nouveaux-Chrétiens sur les murs de verre dépoli.

Véro manifesta une indignation sincère.

— On devrait flanquer dans des camps les vandales qui salissent les murs.

— Ce sont des jeunes, dis-je avec indulgence.

— Alors on pourrait les y enfermer un mois ou deux, pour leur apprendre à respecter la beauté.

Elle avait réussi à me traîner ici pour m'acheter un costume.

— Tu ne peux pas te balader sans arrêt avec ton Saint-Martin sur le dos. Sans compter que ça commence à se démoder. Change de look...

Véro m'avait tanné comme ça pendant vingt minutes et j'avais fini par céder. Elle me connaissait suffisamment pour savoir que la réussite de la séance de la veille m'avait mis de bonne humeur et elle en profitait.

Elle poussait des cris d'oiseau devant chaque

vitrine. Nous croisions des gravures de mode promenant des chiens et des chats aussi blasés qu'elles, des épouvantails peinturlurés comme des Indiens, des monstres enveloppés dans d'invraisemblables houppelandes de fourrure, et quelques bonnes d'enfant en uniforme suisse poussant des landaus.

— Quand je vois toutes ces femmes, j'ai l'impression de ne rien avoir à me mettre sur le dos...

L'explosion se produisit à l'instant où nous parvenions au bassin central. Un coup de tonnerre nous vrilla les tympans, nous coupa le souffle. Une longue flamme orangée jaillit au cœur des fontaines, soulevant des gerbes d'eau, lécha la paroi de verre de la galerie supérieure, y dessina une longue lézarde. Une pluie d'éclats crépita.

Le sol donna soudain l'impression de s'enfoncer sous mon poids, de se gondoler. Je réussis à m'agripper à une rambarde métallique. Autour de moi, des femmes glissaient vers le gouffre qui venait de s'ouvrir, poussaient des hurlements suraigus. J'en vis une tomber, rouler sur elle-même comme une boule, disparaître. Je cherchai Véronique. Elle se retenait elle aussi à la main courante. La galerie s'était déchirée, une faille de plusieurs mètres nous séparait. Je lui criai de ne pas bouger, mais mes cris se perdirent dans le vacarme.

La fissure de l'étage supérieur s'agrandit, et des gens commencèrent à tomber en cascade. Ils s'écrasaient vingt mètres plus bas. Certains s'empalaient sur des éléments brisés de la charpente de tubes métalliques. Quelques-uns parvenaient à s'accrocher aux rambardes qui pliaient dangereusement et cherchaient à se réfugier sur les rares endroits stables. Juste au-dessus de moi, une femme s'était dans sa chute coincée entre deux tubes, son corps dénudé jusqu'à la taille pendait comme une chiffe molle ; retenu par sa laisse, son chien se balançait dans le vide en glapissant.

Puis tout d'un coup des torrents de mousse giclèrent, se déversèrent sur nous, noyant, asphyxiant des groupes entiers qui disparaissaient sous cette écume blanchâtre. Par une chance inouïe ce raz de marée ne fit que m'éclabousser. Pourtant je suffoquai, toussai, crachotai, mes yeux me brûlaient. Il y eut ensuite un bref instant d'accalmie. Je retrouvai l'usage de la vue et constatai que la mousse avait eu raison de l'incendie. Je commençai à marcher en tâtonnant, distinguai des silhouettes qui se déplaçaient comme des aveugles, les bras tendus en avant dans la demi-obscurité. J'essayai encore d'appeler Véronique, mais je n'avais plus de voix : la mousse chimique avait paralysé mes cordes vocales. Je continuai donc à avancer pas à pas, les mains crispées sur la rambarde.

Le sol redevint plus ferme et plus stable et il me sembla distinguer la sortie. Je repris espoir. Un fracas épouvantable me déchira alors à nouveau les tympans : tout un pan de galerie venait de s'effondrer, écrasant des rescapés, les entraînant dans sa chute jusque dans les sous-sols du centre. Un véritable abîme s'ouvrait à l'endroit que je venais de quitter. Je fus pris de vertige. Un tremblement irrésistible agita mes membres, me cloua sur place. Je détournai mon regard de cet enfer et, peu à peu, repris le contrôle de mon corps. Je repartis en titubant, puis me mis à courir. A quelques pas de l'issue, je me trouvai bloqué dans une sorte de goulet : une paroi s'était déplacée latéralement. Une foule dense trépignait en hurlant. Tout le monde voulait passer en même temps. Ceux qui tombaient étaient piétinés. Des gens me bousculèrent, je faillis tomber à la renverse. Je jouai moi-même des coudes, écartai d'un coup dans l'estomac une énorme femme couverte de sang qui demeurait au milieu du passage, immobile, pétrifiée par la terreur. Elle se plia en deux, roula sur le sol et je l'enjambai.

Enfin le passage s'élargit. Je me retrouvai à l'air libre. Débordés, les bleus tentaient de contenir la foule des curieux massée autour du centre. Malgré leurs sirènes hurlantes, les ambulances parvenaient difficilement à se frayer un chemin ; brancardiers et infirmiers faisaient le coup de poing pour passer et ne savaient qui secourir en priorité : des dizaines de personnes qui avaient réussi à fuir s'effondraient sitôt hors de danger, des femmes poussaient des cris hystériques en se tordant sur le sol.

Il était vain de chercher Véronique pour le moment dans cette pagaille et mes dernières forces m'avaient abandonné. Je me laissai tomber assis sur le dallage de marbre et contemplai ce spectacle apocalyptique. Je sentis alors un liquide couler sur mon front, crus qu'il s'agissait de sang. Je tâtai mon crâne, constatai que je n'étais pas blessé. C'était de l'eau qui ruisselait sur mon visage...

Il pleuvait ! Je levai la tête. L'explosion avait déchiré la bulle que martelait la pluie, des filets d'eau coulaient par endroits. Je me mis à rire nerveusement, me relevai et me plaçai sous une véritable douche pour faire disparaître les restes de cette mousse chimique qui pouvait contenir des produits toxiques. Ce jet me ranima.

Un semblant d'ordre revenait. Je voulus m'approcher des blessés et des cadavres allongés côte à côte pour voir si Véronique se trouvait parmi eux, mais deux bleus me repoussèrent. Je tentai de parlementer.

Une immense clameur couvrit ma voix.

Ce rugissement jaillissait de centaines de poitrines : une meute de déclassés des secteurs voisins venait de s'engouffrer par la brèche de la bulle. Ils se ruaient dans les décombres, piétinaient les victimes, s'emparaient de tout ce qui pouvait encore être récupéré dans les boutiques éventrées. Les jeunes étaient les plus acharnés : armés de gourdins et de rasoirs, ils dépouillaient les victimes, arrachaient sacs à main, bijoux, fourrures, les jetaient dans de grands sacs de plastique ; un adolescent trancha le doigt d'une blessée pour s'emparer d'une bague ; il y avait aussi des femmes et même des vieillards parmi les pillards.

Pistolet au poing, tête nue, Letournier semblait désemparé. Il leva son arme, plaça dans sa ligne de mire un garçon qui courait à quelques mètres de lui, chargé d'un sac contenant des clubs de golf. Bergoff arrêta son geste d'une tape sur le bras. Je l'entendis distinctement dire :

— Ne joue pas au con. Si tu tires, ils vont nous écharper. Attends les renforts.

Letournier poussa un juron, cracha et rengaina son arme. Le gamin disparut dans la brèche avec son sac. Les flics semblèrent alors découvrir ma présence. Bergoff s'avança vers moi.

— Vous êtes en état d'arrestation, Cesbran.

— Quoi ?

— Vous avez clairement entendu : je vous arrête. Un geste et je vous abats comme un chien.

— Vous êtes cinglé ! Pour quel motif ?

Le commissaire ricana, en même temps qu'il faisait claquer un anneau d'acier sur mon poignet. Je ne l'avais même pas vu sortir ses menottes.

— Complicité directe d'un attentat terroriste. Ça vous suffit ? Vous vous expliquerez devant le juge. Je parierais que vous ne vous en tirerez pas à moins de dix ans de camp...

— Ecoutez...

Un brusque mouvement de foule nous sépara avant qu'il n'ait eu le temps de fixer le second anneau à son propre poignet. Je me retrouvai au milieu d'un groupe d'émeutiers. Un gosse qui ne devait pas avoir quinze ans me saisit par mon revers en me pointant un morceau de ferraille grossièrement affuté sur le ventre.

— Ton Saint-Martin, pépé, si tu ne veux pas te faire ouvrir...

Je lui abandonnai mon blouson, d'autant plus volontiers qu'il permettait de me repérer de loin. Il l'enfila et s'enfuit à toutes jambes. Je jetai un œil par-dessus mon épaule : Bergoff, Letournier et une escouade de bleus se précicipitaient dans sa direction.

Je faillis suivre les émeutiers dans la brèche de la bulle — ni les flics ni les bleus n'oseraient, dans ces circonstances, me poursuivre dans la zone déclassée. J'y renonçai pourtant au dernier moment : je ne pourrais jamais prouver mon innocence sans rentrer dans Paris, et il me faudrait pour cela obligatoirement passer par un point de contrôle où je me ferais coincer. Je me mêlai donc à des groupes de résidents qui fuyaient dans la direction inverse. Je parvins ainsi jusqu'à ma voiture — ou plus exactement la voiture de service de la Compagnie. Ce n'était pas le moyen le plus discret de me déplacer, mais je n'avais pas vraiment le choix. J'espérai ne pas encore avoir été signalé.

Le passage du point de contrôle s'effectua sans problème. Les deux bleus de service se contentaient de refouler les véhicules en provenance de la capitale, et laissaient passer les autres. Je bénéficiais d'un répit, mais il serait probablement bref.

Il me fallait essayer de comprendre pourquoi on me collait cette affaire sur le dos. Un coup monté de toute évidence. Mais dans quel but et pour couvrir qui ? Je branchai la radio dans l'espoir de glaner quelques informations susceptibles de m'aider à me discupler.

« ... terrible attentat vient d'être commis contre le centre commercial du Nouvel-Auber. On ignore pour le moment le nombre des victimes, il serait très élevé. Notre correspondant est sur place, mais il se heurte au refus des autorités du secteur de le laisser approcher de la zone du sinistre. Cet attentat est le premier à frapper le Nouvel-Auber qui était devenu un symbole de paix et de sécurité. Les terroristes semblent donc avoir réussi à tromper la vigilance des bleus, la fameuse milice privée du secteur. Selon certaines sources, un des poseurs de bombes serait une femme. Celle-ci se serait introduite dans le secteur grâce à la complicité d'un cadre de la Compagnie du Christ responsable d'une opération d'animation. Le centre commercial constituait une cible de choix en raison de la concentration de la clientèle, mais aussi de sa structure de verre et d'altuglass. Conçu par l'architecte Jules Werther, dont les œuvres sont très contestées, l'édifice avait fait, lors de sa construction l'objet de vives critiques. Le système de sécurité anti-incendie semble par ailleurs être à l'origine de divers... »

Il ne pouvait s'agir que d'Hélène Michaut. Cette salope avait réussi à fabriquer un engin explosif. Ce qui impliquait certaines connaissances techniques. Elle avait bien caché son jeu ! Je me mis à trembler de rage. Mes mains avaient du mal à contrôler le volant. Il me fallut ralentir. Tout un passage des informations m'échappa. Je me concentrai pour écouter la suite. Ma peau dépendait de ce que j'apprendrais.

« ... les conséquences économiques de cet attentat monstrueux et absolument imprévisible. Sitôt connue cette effroyable nouvelle, le cours des actions du Consortium Dorval, qui contrôle la plus grande partie des entreprises du Nouvel-Auber, a connu une chute brutale. Plusieurs investisseurs ont annoncé qu'ils remettaient leurs projets en question. Enfin, interrogé par téléphone, le maire de Super-Neuilly a déclaré qu'il proposerait au conseil municipal de renoncer à l'édification d'une bulle protectrice semblable à celle du Nouvel-Auber. Vous allez d'ailleurs l'entendre... »

Je me foutais complètement des déclarations du maire de Super-Neuilly et de sa bulle. Ce qu'il me fallait absolument comprendre, c'était à quoi rimait cette magouille. Un seul homme pouvait me répondre : Deschiens.

J'abandonnai le véhicule de la Compagnie sur le parking des puces de la gare de l'Est. Ces satanées menottes pendaient toujours à mon poignet gauche ce qui m'obligeait à conserver en permanence ma main dans ma poche. Je pénétrai dans le marché, achetai un ample manteau usé jusqu'à la corde et une salopette. J'enfilai le manteau et fourrai la salopette dans un sac. Prendre un taxi était beaucoup trop risqué : si le chauffeur apercevait mes menottes ou même flairait le moindre truc louche, il m'enfermerait immédiatement dans son sas blindé automatique. 90 % des bahuts au moins en étaient équipés et le dispositif impossible à repérer de l'extérieur. A ma connaissance, toutes les stations de métro du secteur étaient fermées. Il ne me restait plus que le bus ou la marche à pied.

Je n'avais pas voyagé en bus depuis une éternité

Au moins cinquante personnes piétinaient devant l'arrêt. Mon badge humanitaire me donnait la priorité, mais user de ce privilège risquait de créer un incident et de me faire remarquer... Le premier bus fut pris d'assaut, des gosses s'agglutinèrent sur les marchepieds. Je me résignai donc à marcher.

En descendant le boulevard de Sébastopol, je m'interrogeai sur le sort de Véronique. Se faire esquinter dans un attentat alors qu'elle venait tout juste de réaliser son rêve... Quelle sinistre ironie du sort ! Si elle s'en tirait, le montant de son assurance lui permettrait peut-être de continuer à vivre dans le Nouvel-Auber. J'avais pourtant mieux à faire que de m'inquiéter pour Véronique si je ne voulais pas finir en cassant des cailloux dans le désert des Agriates, d'autant que je ne pouvais strictement rien pour elle.

Après vingt minutes de marche, j'aperçus la croix scintillante de la Boule. Comme je m'y attendais, des flics en civil équipés de talkies-walkies renforçaient les vigiles aux entrées principales. Mon signalement leur avait probablement été communiqué. Je pénétrai dans un café, après avoir vérifié qu'aucun collègue connu ne s'y trouvait, commandai un demi et allai enfiler la salopette aux toilettes. J'épinglai ensuite mon badge de service, plaçai le manteau sur mon bras pour cacher les menottes et me dirigeai d'un pas assuré vers une entrée réservée aux livreurs. J'attendis quelques instants et me joignis à un groupe de manœuvres qui venaient de décharger un camion. Ni le vigile ni les autres employés ne me prêtèrent attention. Un terroriste habile et gonflé aurait pu faire sauter la Boule plus facilement encore que le centre commercial du Nouvel-Auber...

Je n'étais pas pour autant parvenu à destination : on ne cirulait pas comme ça à l'intérieur de la Boule. Chaque employé était doté d'une carte qui ne lui donnait accès qu'à un certain nombre de services et l'entrée des bureaux directoriaux était strictement réglementée.

J'empruntai d'abord un monte-charge qui ne dépassait pas le dix-septième niveau. La Boule compte dix-huit étages, et la direction est installée au dernier... Le palier était désert, mais dès que je poussai une porte, une lumière rouge se mit à clignoter au fond du couloir et un bip-bip feutré mais inquiétant retentit. Je ne disposais d'aucun moyen de paralyser ce système d'alarme. Je poursuivis donc mon chemin, d'un pas que je m'efforçais de rendre le plus naturel possible. Je me retrouvai face à un vigile qui arrivait en courant.

— Dites, mon vieux, lui dis-je, vous ne voulez pas voir qui a déclenché ce truc? Je suis en train de poser de la moquette dans le bureau de M. Deschiens.

Il me jeta un regard suspicieux.

— Deschiens? La direction du marketing... C'est au dix-huitième, pas ici...

— Désolé, j'ai dû m'égarer. J'appartiens à une entreprise extérieure.

— On vous a remis une carte. Faites voir.

Son talkie-walkie grésilla.

— C'est O.K., dit-il. Un ouvrier qui s'est gouré d'étage...

Le bip-bip cessa. Je lui tendis ma carte, en espérant qu'il ne l'examinerait pas, mais il avança la main pour la prendre en se penchant. Je profitai de ce mouvement pour lui assener un grand coup sur la nuque avec le bracelet fixé à mon poignet gauche. Il s'effondra. Je m'emparai de sa propre carte de service, de son talkie-walkie et de son arme, et m'élançai dans le couloir. Sa carte me permit de franchir quatre portes. Je débouchai sur un palier où un autre vigile était assis derrière un petit bureau. Il remplissait une grille de mots croisés. Je dissimulai le talkie sous le manteau que je tenais plié autour de ma main gauche, et m'avançai en souriant.

— Je monte chez M. Deschiens. Je viens de voir votre collègue. Il m'a dit que c'était O.K. Désolé pour l'alarme tout à l'heure. Je suis d'une société extérieure...

— C'est bon, dit-il. Vous prenez l'ascenseur. En haut une secrétaire vous conduira.

— Je connais, affirmai-je.

Je marchai jusqu'à l'ascenseur, guettant le moment où il allait me demander de lui présenter ma carte, mais il se plongea à nouveau dans ses mots croisés...

La secrétaire me dévisagea bizarrement, sans me reconnaître dans cette tenue — elle ne m'avait vu qu'une ou deux fois.

— Je viens pour la moquette de M. Deschiens, déclarai-je avec conviction.

— Je ne suis pas au courant. Il faut que je l'avertisse. A quelle société appartenez-vous, monsieur ?

Je lui donnai le nom d'une société d'entretien qui travaille régulièrement pour la Boule. Elle nota ce nom sur un calepin et me demanda de patienter. Elle décrocha ensuite son combiné téléphonique.

— Un ouvrier affirme qu'il vient pour la moquette de votre bureau, monsieur Deschiens. Je lui demande de revenir plus tard ?

Ainsi Deschiens était présent. Mon rythme cardiaque s'accéléra. Les chances étaient faibles que mon astuce abuse le patron du marketing, pourtant je n'en avais pas trouvé d'autre. Je n'entendis pas la réponse de son interlocuteur, mais la secrétaire parut surprise.

— Je vais vous conduire à son bureau.

— Ce n'est pas nécessaire, je suis déjà venu...

Pour une fois, je disais la stricte vérité. Elle m'accompagna néanmoins. Sans doute avait-elle reçu la consigne de ne laisser personne se balader seul dans les couloirs. Parvenue devant la double porte de cuir où s'inscrivait en lettres de cuivre « Division Marketing — Direction », elle fit demi-tour.

La porte s'ouvrit.

Deschiens apparut.

— Entrez donc, Cesbran, je vous attendais.

14

— Cessez de dissimuler ces menottes, Cesbran, c'est grotesque.

Il m'indiqua un profond fauteuil de cuir et d'acier. Je m'y laissai tomber. Mon agressivité me quitta d'un seul coup. Je ressentis une immense fatigue.

— Je suppose que vous voulez des explications.

Je me contentai d'incliner affirmativement la tête. Ma main se porta sur la bosse formée par le revolver du vigile dans la poche de ma salopette. La présence de l'arme me rasséréna un peu.

Deschiens vint s'asseoir face à moi sur son immense bureau.

— Sachez d'abord, Cesbran, qu'il était inutile de vous donner tant de mal et d'assommer ce malheureux vigile pour parvenir ici : j'avais donné l'ordre qu'on vous conduise dans mon bureau dès que vous mettriez les pieds dans la Boule. Je me suis douté que vous chercheriez à entrer en contact avec moi quand j'ai appris que vous aviez échappé aux hommes de Letournier et Bergoff...

Son ton ironique ranima ma colère. Je me redressai dans mon siège.

— Je vous préviens...

Il leva une main apaisante.

— Ne voulez-vous pas d'abord m'écouter ?

Il effleura une touche sur son bureau. Un écran s'alluma derrière lui. On y voyait un pointillé rouge suivre une ascension lente et régulière puis plonger brutalement. Deschiens se retourna et tendit le doigt.

— Savez-vous ce que représente ce graphique ?

Je fis « non » de la tête et me penchai pour essayer de lire la légende inscrite en bas de l'écran.

— C'est la courbe suivie par les actions du Consortium Dorval...

Comme il me parlait, le graphique se modifia : la ligne rouge piqua encore davantage.

— Regardez maintenant ceci...

Il frôla une autre touche et un deuxième moniteur s'éclaira. Des colonnes de chiffres s'y inscrivaient. Dont je ne comprenais absolument pas la signification.

— Ce sont des ordres d'achat en bourse, expliqua Deschiens. D'ici peu, nous serons majoritaires dans le groupe Dorval.

— Mais... m'étonnai-je.

La loi interdisait rigoureusement aux sociétés humanitaires de posséder des entreprises à buts lucratifs...

Deschiens me toisa avec un sourire ironique.

— Bien entendu, la Compagnie n'apparaîtra pas ouvertement dans cette opération. Nous avons dû constituer un holding distinct sur le plan juridique. Ces questions sont assez complexes. Je vous passe les détails, qui, je suppose, ne vous passionnent pas...

La nuance de mépris qui filtrait dans sa voix suave ne m'échappa pas. Néanmoins j'acquiesçai.

— Comme vous le savez peut-être, le groupe dirigé par Bertrand Dorval était déjà en perte de vitesse, mais les récents événements ont conduit à l'effondrement de ses actions... Les rats quittent le navire.

Deschiens alluma cette fois un écran de télévision.

Gros plan sur des victimes ensanglantées. Puis sur un véhicule blindé renversé d'où s'échappait une fumée noire.

— ... après de violents affrontements, les unités du corps anti-émeute pluri-urbain semblent avoir réussi à rétablir l'ordre dans le Nouvel-Auber. Le commandement des forces de sécurité s'est trouvé contraint de donner l'ordre de tirer à trois reprises pour repousser les émeutiers et les pillards qui faisaient usage de cocktails molotov et d'explosifs de fabrication artisanale. Ceux-ci s'étaient introduits dans le secteur A par une brèche ouverte dans la bulle protectrice par la terrible explosion qui a détruit le centre commercial.

Suivit un clip de pub pour la compagnie d'assurances qui sponsorisait les infos. Puis le présentateur enchaîna sur le sort des victimes.

Travelling sur des visages hagards.

— Les forces de l'ordre sont maintenant confrontées à un nouveau et dramatique problème : la panique s'est emparée d'une partie des résidents du Nouvel-Auber qui, traumatisés par ces événements, cherchent à fuir le secteur, provoquant de gigantesques embouteillages. La préfecture lance donc un appel à tous les habitants pour les inciter à conserver leur calme et à demeurer chez eux. Cet attentat odieux semble par ailleurs entraîner de graves difficultés pour le Consortium Dorval. Notre spécialiste de la Bourse...

Un jeune homme tiré à quatre épingles et portant le badge « 1 % JMP » apparut.

J'avais déjà entendu ces commentaires à la radio.

— Je suis au courant, dis-je. Et vous avez organisé tout ça pour racheter le Consortium à bas prix...

Deschiens écarta les mains. Son sourire s'élargit encore.

— On ne peut rien vous cacher, Cesbran.

— Et c'est dans ce but que vous m'avez poussé à organiser ces animations ? Pour introduire cette fille. Vous saviez naturellement qu'il s'agissait d'une terroriste.

— Bien entendu. Sa carte de résidente du Nouvel-Auber n'aurait jamais été établie si je n'avais pas fait effacer quelques paragraphes de son dossier et de son casier judiciaire. J'ai moi aussi, comme notre ami Dorval, mes entrées et mes informateurs dans certaines administrations. On ne peut participer à la direction d'une entreprise de l'envergure de la Compagnie sans entretenir de telles relations...

— Et vous avez pris le risque de déjeuner en tête à tête avec elle ?

Deschiens afficha pour la première fois une

expression de surprise, que chassa très vite son inusable sourire.

— J'ignorais que vous connaissiez ce détail : les gens que j'ai chargés de vous surveiller ont mal exécuté leur travail. J'en tiendrai compte. En effet, quand elle m'a contacté, je n'ai pas résisté au désir de la rencontrer. On peut mettre ça sur le compte de la curiosité...

— Elle ne se savait pas manipulée ?

— Evidemment non. Je pense qu'elle éprouvait elle aussi une certaine excitation à côtoyer un de ceux qu'elle considère comme ses ennemis. Nous n'étions pas à égalité : j'avais compris qu'elle avait jeté son dévolu sur le fils Mallory pour se procurer les éléments nécessaires à la fabrication de sa bombe. Elle aurait eu beaucoup de mal à les introduire par le point de contrôle. (Deschiens hocha la tête.) En fait, elle n'avait pas besoin d'un engin puissant : la conception du centre, comme celle de la Boule, rendent ces édifices très fragiles. Il suffit de connaître le point névralgique. L'architecte Werther est encore plus criminel que cette Hélène Michaut...

Deschiens paraissait presque oublier qu'il portait la responsabilité principale du massacre. Il dut deviner mes pensées à mon expression, car il s'empressa d'ajouter :

— Inutile de vous fatiguer, Cesbran. Personne ne vous croirait, cette histoire semblerait rocambolesque et vous n'avez pas la moindre preuve. Ce serait ma parole contre la vôtre. Je suis intouchable alors que vous faites un complice idéal. D'autant que vous avez couché avec elle...

Je pris le pistolet du vigile, le pointai sur le directeur du marketing.

— Vous êtes une ordure, Deschiens. Je crois bien que je vais vous tuer.

Il éclata de rire.

— Si vous agissiez de cette façon, vous ne feriez que démontrer votre culpabilité : le terroriste aux abois abat le patron d'une société humanitaire. Vous termineriez à coup sûr vos jours dans le bagne des Agriates... Vous ne voulez pas connaître la suite de l'histoire ?

Je me demandai soudain s'il ne cherchait pas à gagner du temps pour permettre aux vigiles d'intervenir. Je reculai jusqu'à la porte, la verrouillai. Il me regarda agir avec son même sourire horripilant.

— Voyez-vous, Cesbran, contrairement aux apparences, je n'ai pas agi dans mon intérêt, mais dans celui de la Compagnie (sa voix s'exalta brusquement), pour l'idéal que nous partageons, celui de secourir toujours davantage de déclassés...

Cette fois, je me demandai sérieusement s'il avait toute sa raison. Le pistolet me parut inutile. Je le posai à côté de moi sur la moquette. Deschiens effleura à nouveau son tableau de commandes et me tourna le dos pour observer un écran beaucoup plus vaste que les autres, qui prenait toute une partie du mur.

— Voici le tableau réel du rapport de force entre les leaders de l'action humanitaire. Ce n'est pas celui qu'on porte à la connaissance des employés de la

Boule. Seule une poignée de cadres triés sur le volet y a accès. Comme vous pouvez le constater, notre situation réelle est bien pire que celle que nous avouons publiquement. Elle est dramatique. (Il s'approcha pour poser son doigt sur une rangée de silhouettes grises figurant la population déclassée.) Le marché augmente moins vite que les capacités de secours. De nouvelles entreprises apparaissent périodiquement, qui veulent leur part et pratiquent la surenchère. Sans compter les outsiders agissant à la frontière de la légalité ou dans l'illégalité complète, les Nouveaux-Chrétiens, les Néo-Cathares, et tous les autres, dont le développement est préoccupant : ce phénomène a cessé d'être marginal.

Deschiens adoptait maintenant le ton du conférencier.

— Face à une telle conjoncture, il convenait de réagir énergiquement. Voyez-vous, Cesbran, le Consortium Dorval ne nous intéresse pas du tout. La loi nous l'interdit, et la vocation de la Compagnie n'est pas de gérer des groupes industriels. Ce qui nous intéresse, c'est le sort des trois cent cinquante mille résidents du Nouvel-Auber...

Il parlait très vite. Son raisonnement me dépassait.

— Je ne comprends pas, avouai-je.

— Attendez, vous allez très vite comprendre. Dès demain, nous allons fermer toutes les entreprises qui dépendent du Consortium...

— Fermer les usines Dorval ?

— Exactement. Et j'ai fait procéder à des études

très pointues : ces fermetures en chaîne vont entraîner à brève échéance le déclassement d'une population de l'ordre de quatre cent mille personnes. Sur les trois cent cinquante mille résidents du Nouvel-Auber, cinquante mille environ auront les moyens de se reconvertir, de quitter le secteur. Par contre, des magasins, des sous-traitants implantés hors de la zone seront à leur tour entraînés dans le processus de faillites. Et surtout le secteur entier sera déclassé d'ici moins de deux mois. Nous serons alors les mieux placés pour attaquer ce marché, car, grâce à vous et à vos équipes, nous intervenons déjà sur place. Dans le pire des cas, nos concurrents sponsoriseront quatre-vingt à cent mille personnes et devront nous abandonner le reste. Ce qui nous permettra de remonter à la seconde, voire à la première place à la veille du vote du budget humanitaire. Qu'en dites-vous, Cesbran ?

Sa manœuvre m'apparut alors dans toute sa complexité. Deschiens était génial ! Je ne pus dissimuler mon admiration.

— Vous admettez, Cesbran, conclut-il sur un ton triomphal, que cette opération justifie certains sacrifices.

Si superbe que soit cette machination, je n'admettais pas pour autant d'en être le bouc émissaire. Deschiens le devina et se fit rassurant.

— On ne vous demande pas de passer le reste de votre vie à casser des cailloux dans un camp pour la gloire de la Compagnie. Nous vous procurerons le meilleur avocat de la Boule. Il n'existe aucune preuve formelle contre vous, seulement des présomptions. Dans l'immédiat, ils ont besoin de désigner un responsable, mais croyez-moi, l'affaire va très vite se tasser. Nous interviendrons pour qu'on vous fasse bénéficier d'un traitement de faveur, et dans trois mois au plus, vous serez libre. Tous vos droits d'ancienneté et de salaire seront préservés. On vous attribuera discrètement un poste de responsabilité qui ne vous mettra pas en contact avec le public. Je vous conseille de vous rendre immédiatement à la police. Ce malheureux incident avec le vigile sera bien entendu oublié...

— Vous avez fait éliminer Dubost et Ravier. Rien ne me prouve que vous n'allez pas vous débarrasser de moi...

Deschiens s'approcha, posa sa main sur mon épaule et me couva d'un regard chaleureux.

— Voyons, Cesbran ! Dubost était un fouille-merde irrécupérable. Quant à Ravier, c'était un ringard qui vivait dans ses chiffres et ses règlements et ne pouvait pas saisir la stratégie de la Compagnie. Vous, vous êtes des nôtres, vous êtes un battant, votre expérience du terrain vous permet de comprendre nos méthodes. D'ailleurs, quand je vous ai exposé notre objectif, j'ai clairement senti que j'avais en face de moi un homme capable d'apprécier une telle opération à sa juste valeur. Vous ne vous êtes pas insurgé contre les moyens employés, comme l'aurait fait un crétin contestataire tel que Dubost ou un minable sans envergure comme Ravier. N'ai-je pas raison ?

Il n'y avait rigoureusement rien à répliquer. Deschiens avait parfaitement perçu mes sentiments.

Ce sens aigu des relations humaines expliquait d'ailleurs probablement qu'il ait réussi à occuper et conserver un tel poste.

— Je crois que vous avez raison, monsieur Deschiens, dis-je. Je vais me rendre à la police. Et pour le reste, je vous fais confiance...

Il ramassa le pistolet, le fit disparaître dans un tiroir de son bureau, puis prit le combiné du téléphone.

— Je vais les appeler. Mieux vaut éviter qu'ils vous trouvent avec cette arme. Ça ferait mauvais effet. A propos... (Il parut vaguement gêné, ou chercha à m'en donner l'impresion.) En ce qui concerne la personne qui vous accompagnait, je suis sincèrement navré. Nous ne pouvions pas prévoir sa présence, ni la vôtre. Elle est hors de danger, mais... La Compagnie fera en sorte qu'elle bénéficie des meilleurs soins esthétiques et des meilleures prothèses...

Une brève pensée pour Véronique me traversa, mais ne réussit pas vraiment à m'émouvoir. Mes sentiments étaient comme anesthésiés par tout ce que je venais de vivre et d'apprendre.

— Je vous fais entièrement confiance, monsieur Deschiens, répétai-je.

15

Le verrou électronique fit entendre des bruits de billard électrique, la porte coulissa verticalement et disparut dans le plafond d'acier. Le gardien apparut, son passe magnétique à la main.

— Cesbran, au greffe !

J'empoignai mon paquetage et passai devant lui. Ça n'était pas un mauvais type, mais il observait le règlement au pied de la lettre. J'entendis le cliquetis de la porte de la cellule qui s'enclenchait dans le sol. Nos pas résonnaient sur le métal. Nous parcourûmes la coursive en silence, traversâmes plusieurs sas de sécurité, sous l'œil attentif des caméras et des détecteurs.

Le greffier pianota sur un clavier et un casier glissa sur un rail jusqu'au comptoir.

— Ouvre et vérifie.

Je fourrai le tout dans la mallette.

— C'est bon, affirmai-je.

— Ton badge.

J'épinglai sur le revers de mon blouson la pastille bleu pastel où deux mains s'étreignaient.

Le port des badges était rigoureusement interdit par l'administration, bien que cinq pour cent du produit des ventes des objets fabriqués par les prisonniers soient versés au budget humanitaire. On m'avait heureusement dispensé de travail. J'avais partagé mon temps entre la télé, la lecture et les parties de cartes pendant les promenades dans le cube de verre de cinquante mètres carrés.

— Ton fric.

Il composa sur un écran placé devant lui des chiffres que je ne pouvais pas voir. Le distributeur me fit l'aumône de quatre billets de dix eurécus. On m'avait défalqué le coût de mon entretien de la somme saisie sur moi lors de mon arrestation.

— Le compte y est.

– Alors compose ton code pour signer.

Je m'exécutai.

Un nouveau gardien me prit en charge. Après avoir franchi six portes blindées, nous parvînmes sur la plate-forme extérieure. C'était la première fois que je respirais à l'air libre depuis deux mois et demi.

— La navette va bientôt arriver, t'en fais pas.

Le bateau-mouche vint en effet se ranger contre le quai de métal cinq minutes plus tard. Des familles de prisonniers en descendirent. Elles me croisèrent avec des regards bizarres. Ma photo avait été publiée dans les journaux et était passée à la télé, peut-être ces gens me reconnaissaient-ils.

J'étais le seul à effectuer le trajet dans l'autre sens. Je pris place à l'avant, tournant le dos à la proue, pour contempler une dernière fois la prison flottante. De l'extérieur, on pouvait trouver un certain charme à ces tubes d'acier entrelacés qui permettaient d'entasser cinq mille prisonniers sur une surface beaucoup plus réduite que celle de Fleury-Mérogis. Cette merveille était l'œuvre de Jules Werther et lui avait valu un nouveau prix. Je savais aussi que certains dirigeants de la Boule possédaient, à titre privé, quelques paquets d'actions de la Pénitentiaire Indépendante qui gérait l'établissement. Ce qui avait permis à Deschiens de tenir ses promesses : pas de brimades et une cellule pour moi tout seul. Mieux que certains kapos. Mes codétenus n'avaient pas apprécié, d'autant qu'en taule la cote des humanitaires arrivait tout juste au-dessus de celle des violeurs et des assassins d'enfants. Les premiers jours, je n'étais pas parvenu à trouver le sommeil, persuadé que Deschiens avait prévu un moyen de m'éliminer discrètement : suicide ou accident. Mais personne ne m'avait touché.

J'avais eu le temps d'y réfléchir longuement : le patron du marketing était assez sûr de mon comportement pour prendre le risque de me laisser en vie. Cette confiance devait-elle me flatter ? Mes sentiments sur la question avaient sensiblement évolué. Toujours est-il qu'il avait respecté ses engagements : un ténor de la Boule m'avait obtenu le non-lieu.

L'opération s'était soldée par un succès complet, je l'avais appris par la télé : la Compagnie avait réussi à sponsoriser deux cent quatre-vingt mille déclassés du Nouvel-Auber et, du même coup, raflé quarante pour cent du budget humanitaire. Qui avait été voté huit jours avant ma libération. J'aurais dû en éprouver une certaine satisfaction, mais j'étais surtout très las. Je ne pouvais même pas attribuer cette morosité au suicide de Véronique après son opération esthétique manquée. Ce geste n'avait fait naître en moi qu'une tristesse passagère. Au fond, je n'avais jamais été vraiment attaché à elle.

Le bruit du choc du bateau contre l'appontement me tira de ces pensées. Je pris ma valise et sautai sur le quai. Je me retournai encore une fois. En cet endroit la Seine était très large : la prison d'acier paraissait toute petite.

Un grand bar-restaurant panoramique avait été construit en face du débarcadère. Il était complètement vide. Un garçon au visage fatigué balayait. Je constatai avec amusement qu'il portait toutes sortes de badges dont un de l'association pour l'aide à la réinsertion — sans doute pour obtenir de meilleurs pourboires des familles. En fait de réinsertion, la plupart des détenus étaient expulsés dans des zones déclassées, à l'autre bout du pays.

Je commandai un verre de vodka.

Le serveur dut remarquer que je n'avais pas envie de causer. Il n'insista pas. Je vidai mon verre. L'alcool ne produisit pas l'effet escompté. J'étais toujours aussi las. Je me levai et me dirigeai vers l'arrêt des cars.

Le temps était gris, le ciel couvert, des nappes de brume flottaient sur la Seine. Il n'y avait pas un chat à l'horizon. On n'entendait que le ronronnement du moteur du bateau qui tournait en permanence autour de la prison. Au cas où un génie parviendrait à découper des tôles d'acier de quinze millimètres d'épaisseur avec son couteau en plastique.

Je poireautais depuis un quart d'heure quand une bagnole vint se ranger le long du trottoir. Je crus d'abord que Deschiens avait envoyé un sous-fifre me chercher, car la voiture était du même modèle que celles de la Compagnie. Une main féminine m'invita à monter. Je m'assis à l'avant.

Elle était habillée et coiffée de façon très différente, pourtant je reconnus immédiatement Hélène Michaut. Elle démarra aussitôt.

— Je croyais que tu avais sauté avec ta bombe, dis-je.

— Ça aurait peut-être mieux valu.

Son humeur ne semblait guère meilleure que la mienne.

Je restai silenceux, contemplant les berges du fleuve. La plupart des pavillons avaient été détruits par les émeutes de l'année précédente, avant que les autorités ne se décident à faire construire une barrière électrifiée pour isoler Nogent des secteurs déclassés. Certains avaient fait de bons placements en achetant les terrains pour une bouchée de pain. Çà et là avaient poussé des constructions flambant neuves entourées de forêts d'alarmes volumétriques, la plupart possédaient des donjons avec des plates-formes pour hélicos.

— Pourquoi es-tu venue me chercher ? demandai-je.

— Je me suis fait avoir par ton patron, Deschiens, dit-elle sans répondre à ma question. J'ai suivi ça : ce sont des beaux fumiers, ils m'ont bien magouillée.

— C'est la vie. Toi aussi, tu m'as joué la comédie. Et j'ai failli y laisser ma peau.

— Je pensais qu'ils te feraient descendre, comme le journaliste. Dans un sens, tu as eu de la chance...

— Je ne peux rien prouver, dis-je. C'est peut-être pour ça.

Elle arrêta la bagnole, se tourna vers moi.

— Peut-être. Ou alors, tu étais dans le coup.

— Choisis, proposai-je.

— J'ai pensé que tu pourrais m'aider, si tu n'as pas marché avec eux.

— A quoi ?

— A faire sauter la Boule.

Je fus pris d'un accès de fou rire qui me plia en deux.

— C'est une manie, parvins-je à dire quand cette crise s'apaisa. Tu veux tout détruire. Faire sauter la Boule ! Ça ne profiterait qu'aux Salutistes et à l'Institut. Tu t'imagines que ça changerait le monde ?

— Pas vraiment.

— Alors il faut trouver autre chose, ma vieille.

Elle tourna le contact et démarra. Nous dépassâmes les derniers pavillons en ruine. Hérissée de barbelés, la masse grise de la muraille de la grande ceinture se dressa devant nous.

DU MÊME AUTEUR

Aux Éditions Gallimard

CHILI CON CARNE (Folio, n° 2743).
LE MIROIR DE L'INCA (Folio, n° 2559).
LA CONFIANCE RÈGNE.
BALLES DE CHARITÉ.
RIOT GUN.
N'OUBLIEZ PAS L'ARTISTE ! (Folio, n° 2239).

Aux Éditions Baleine

CHILI INCARNÉ.

Aux Éditions Librio

CHILI INCARNÉ.

Aux Éditions Denoël

LA PEAU DES AUTRES.

Aux Éditions Métailié

KZ, RETOUR VERS L'ENFER.
MORT D'UN SATRAPE ROUGE.
TICKET CHIC.

Aux Éditions du Fleuve noir

AU NORD DU RIO BALSA.
LA NUIT DE L'APAGON.
LE REPENTI.
COUP DE CAFARD.

LE BAISER DE LA COULEUVRE.
KALASHNIKOV.
LES CHIENS DE GARDE.
SOLIDARMOCHE.
UN GARÇON ORDINAIRE.
HISTOIRE D'OS.
MÂLE DE MER.
LE NOUVEAU CRIME DE L'ORIENT-EXPRESS.
SUR L'ÉCRAN NOIR DE LEURS NUITS BLANCHES.
ICI LE CHAT EST LE PATRON.
TICKET CHOC.

Aux Éditions de l'Instant

FENÊTRE SUR ROUTE.

Aux Éditions du Masque

DU SANG SUR LE GLASNOST.
VOTRE ARGENT M'INTÉRESSE.

Aux Éditions Dagorno

VIVA VILLA!

Aux Éditions Syros

LE FILS CAPET SE FAIT LA MALLE.
PAQUET CHOC.
LE SQUELETTE DE LA MAIRIE.
LE TRÉSOR DE TUPAC AMARU

Aux Éditions Fayard

PIÈCES DÉTACHÉES.
DANGER CHIMIE.

Aux Éditions Calmann-Lévy

BUGS.

Aux Éditions Philippe Picquier

LES HUIT DRAGONS DE JADE.

Aux Éditions de la Renaissance

CERRO RICO, LA MINE AUX ENFANTS.

Aux Éditions Liana Levi

LE MIROIR DE L'INCA.
FESTIN DE CRABES.

Aux Éditions de l'Atelier

LA MÉDECINE MALADE DE L'ARGENT.

Aux Éditions Clé internationale

COUP DE CŒUR.

Aux Éditions Actes Sud

SCHIZO.

Aux Éditions Comp'act

HAUTE TENSION.

Aux Éditions Hachette-Jeunesse

PIÈGE SUR INTERNET.

Aux Éditions « La Voûte »

LE NOUVEAU CRIME DE L'ORIENT-EXPRESS.
L'OR DES ABBESSES.
ENCHÈRES DE PEAU.

Composé et achevé d'imprimer
par la Société Nouvelle Firmin-Didot
à Mesnil-sur-l'Estrée, le 3 janvier 2000
Dépôt légal : janvier 2000.
Numéro d'imprimeur : 48825.

ISBN 2-07-041190-7/Imprimé en France.

93079